ハヤカワ文庫 JA

〈JA1548〉

工作艦明石の孤独 4

林　譲治

早川書房

8934

目次

工作艦明石の孤独 4

登場人物

■工作艦明石

狼群涼狐……………………………………艦長

狼群妖虎……………………………………工作部長

松下紗理奈…………………………………工作副部長

■セラエノ星系

アーシマ・ジャライ………………………首相

ルトノ・ナムジュ…………………………内務大臣

シェイク・ナハト…………………………官房長官

モフセン・ザリフ…………………………アクラ市長

アラン・ベネス……………………………アクラ市助役

■偵察戦艦青鳳

夏クバン……………………………………艦長

熊谷俊明……………………………………船務長

■工作艦津軽

椎名ラパーナ………………………………工作部長

ロス・アレン………………………………ＥＶＡ担当

■輸送艦津軽

西園寺恭介…………………………………指揮官

セルマ・シンクレア………………………アクラ市代表

イーユン・ジヨン…………………………生態系学者

1　事前交渉

一二月二一日・アイレムステーション

工作艦津軽がセラエノ星系に帰還した段階で、アイレムステーションはモジュールの拡張を終えており、その形状は当初とは大きく変わっていた。モジュールの配置は正面から見て「中」の字のようになっていた。中心を貫く軸は、底部に津軽のような大型船との接続モジュールがあり、逆に最上部には通常型のギラン・ビーが結合していた。

この軸部分の左右に「コ」の字のモジュールの構造が結合していた。これだけの施設の中に西園寺恭介を指揮官とする総勢三〇人の人間が常駐していた。一〇人が施設の維持管理、一〇人が各分野の科学者や技術者、残り一〇人がセルマ・シンクレアのような自治体代表や行政官や法務官であった。

ここまで曖昧だったアイレムステーションの立場も、正式に政府施設と認められ、スタッフも政府職員としての身分が与えられることになった。これに伴い、いままで慣習的に船長と呼ばれていたアイレムステーションの責任者は指揮官と呼ばれることとなった。

これは単純な呼称の変更を意味しない。アイレムステーションと津軽をはじめとする恒星間宇宙船がドッキング状態の場合、宇宙船の艦長も指揮官の命令下にあることが明確になったのだ。また必要と判断されれば、ドッキングを解除した状態でも宇宙船に命令を下すことができた。権限に関してはかなり強いものが与えられたのだ。

ただし、アイレムステーション内部の行動は原則としてすべて記録することが義務付けられており、宇宙船側やステーションの職員から指揮官の采配について異議申し立てを行うことも認められていた。強い権限には義務と責任が伴うというのはセラエノ星系の政治原則だった。

それでもやはり西園寺としては、自分がアイレムステーションの指揮官でいいのかと思う。三ヶ月前まではセラエノ星系とは何のかかわりもない人間だったのだ。そんな人間が、セラエノ星系の将来に重大な影響を及ぼしかねない立場に就くのが良いことなのか？

そうした疑念を述べる西園寺に対して、アクラ市の代表として乗り込んでいるセルマは問題ないと断じた。

「西園寺さんは恒星間宇宙船艦長の資格保有者に間違いなく、なので小規模宇宙施設の指揮官職になる権限は与えられています。もちろん政府関係から人選することは可能ですが、時間がかかりますし、いまはその時間こそが貴重です。ほかに適任者がいるならなおさらです」

セルマはそう説明する。西園寺もその法規については知っていた。

「確かに資格はあるよ。だけどあれは多くの植民星系が開発途上で、小さな宇宙ステーションがいくつも建設された一〇〇年以上前に付け加えられた条項だろう。とうの昔にその役割を終えた条項だよ」

「一〇〇年前でも何でも、関連法規から削除する理由がないんですから、この条項は生きてますよ。だから西園寺艦長が指揮官でも何ら問題ありません。それが政府見解です」

セルマは力説する。アイレムステーションに津軽が連結されていた時も、その才覚は一目を置かれていたが、ここにきて積極的に西園寺に働きかけようとしているようだった。

「セルマさんの役職はアクラ市の代表ですが、具体的には何をなさるんですか？」

西園寺は率直にそのことをセルマに確認する。それは嫌味ではない。自分がアイレムステーションの指揮官なら、アクラ市の代表に自分は何を要求できるのか？　という質問だ。

「立場によって解釈は違うかもしれませんが、私の認識ではあくまでも補佐役です。アクラ市もステーションの運営に関して積極的に関与していると思っていただければ」

ステーションの職員には指揮官の西園寺を除けば、明確な階級はなかった。三〇人の職員というのは、恒久的な施設運用を考えれば最低限の人数であり、一人が複数の任務を担っていた。シフトの関係もあって、一つの部門を複数の人間が担当していたが、それはバックアップ要員という位置付けで、上下関係ではなかった。このため全員がステーション運営について担当部門の責任者であり、その意味で指揮官以外の人間から命令されることはなかった。

津軽の艦長時代には、西園寺も部下たちと一体感を築くためのノウハウを持ち、そうした一体感を錬成するための時間的余裕があった。

しかし、今回の任務は人数こそ三〇名だが、一体感を錬成する時間的余裕はない。ここまで人員に余裕がない状況でのマネジメントの経験もない。ただ手探りで任務を進めてゆくより他に手立てがないのである。

そしてアイレムステーションの拡張が終わった時、イビスは静止軌道上に衛星を投入した。それは正立方体の形状で、大きさは差し渡し二メートルほどだった。いままでのイビスの衛星が極軌道を周回していたのとは対照的に、この衛星は静止軌道に置かれていたため、アイレムステーションから見れば止まっているように見えた。

衛星の一面には推進機とみられるノズルがあり、移動することも可能と思われた。ただステーションとは正確に五〇〇キロの距離を維持していた。これはイビス側が人類の単位に合わせたものと思われた。おそらくはイビスとの交信はこの衛星を介して行うものと西園寺は判断した。

衛星の中にイビスが乗り込んでいる可能性は検討されたが、この容積に推進装置まで搭載しているならば、イビスを乗せる余裕はないと思われた。代表を送り出すとしても、差し渡し二メートルの箱ではなく、宇宙船を使うだろうというのがステーション内の一致した意見である。

「全員に聞いてほしい。我々がこのアイレムステーションで職務に就くにあたり、政府からの要望を確認したい」

西園寺はスタッフ全員をステーション内のもっとも広い空間に集める。直径四メートル、全長二〇メートルのその空間は、この先の施設拡張に備えた予備的なもので機械類などはほとんど収納されていない。

壁の手すりにつかまり、無重力状態の中でもスタッフは二列に並んでいた。通常の業務はエージェントを介した仮想空間上で場を共有するのだが、最初の全体ミーティングは西園寺は肉声で行いたかったのだ。彼の経験では、全体の一体感を作るにはこうした集まりは効果的だったのだ。

「我々がここにいる目的はイビスとの交流を実現することにある。具体的にはイビスの都市宇宙船バシキールに男女二名の人類を常駐させる点にある」

イビスの施設に人類から常駐者を送るという目的は、セラエノ星系を出る時からスタッフ全員に伝えられていたことだったが、西園寺はここで再度確認した。それは先走って自分たちの権限を逸脱した行為を試みる人間を出さないためだ。

人類から男女二名を送るというのは、イビスの性差と社会構造について知るためには、人類もまた性差のある二人を送らねばならないという理屈だ。人類からイビスに送るのであって、イビスを人類に迎え入れるのではないのは、単純に準備の問題である。

人類の方にはイビスを迎え入れられるような施設もなければ、その施設をどう運用するかのプログラムさえない。イビスを招くとしても、一人なのか、三人なのか、それとも六人必要なのかさえわかっていない。

それに対してイビス側には、椎名ラパーナを二ヶ月以上生活させた経験がある。時間を優先させるのならば、人類の側からイビスの陣営に人を派遣する方が合理的なのだ。

ただ「イビスからも代表をセラエノ星系に派遣するよう言質《げんち》を取るべきだ」という意見の持ち主もいないではない。「言質を取る」という発想そのものがイビスに通用するのかどうかもわからない中で、そうした軽挙妄動は避けるべきというのが西園寺の考えだ。

「要求ということであれば、バスラに人類が降下し、惑星環境を調査することも加えてほしい」

そう発言したのは、生態系の専門家として参加しているイーユン・ジョンだった。

「いや、惑星バスラへの降下については今回は協議しない。理由は、まず我々にその要求を行う権限は与えられていないからだ。

さらに、君は簡単に惑星に降下して調査するというが、それをイビスに理解させるのは容易ではない。たとえば調査という抽象的な単語では相互の了解は得られないだろう。あるいは、双方で了解が成り立っているかどうかの判定さえ簡単ではない。

我々がイビスに人間を送ることについて了解を得ようとしているのは、二つの文明の間で相互理解の領域を拡大するためでもあるんだ」

しかし、ジョンはそれでは納得しなかった。

「イビス陣営に人類を二名送るとして、そのためには我々が惑星に降下するか、イビスが宇宙船をこちらに寄越すかのいずれかになるはずです。その過程で惑星の地表を通過しなければなりませんから、調査の機会はあるはずです」

最初に行動を共にした時から感じていたが、ジョンは自分が為すべきことよりも、自分がやりたいことを優先するようだ。彼女とて、Ｅ２でセラエノ星系に帰還するに至ったステーションでの経験の中で、相互理解の難しさと、自分たちの判断が人類全体の将来に影響を与えかねないということは理解していたはずだ。しかし、それはどうやら思い違いであったらしい。

「地表探査は現時点では議論すべきではないと思います」

西園寺の心を読んだかのようにセルマがジョンに反論する。

「まずイビスの宇宙船は、地下と宇宙空間の間を地上設置型のワープ機関で移動しています。椎名さんの報告では、彼らは地表との接触を断つことに神経質になっています。ですから彼らの元に人類を送り込むならば、地表との接触は絶対にないと考えるべきでしょう。そうなると現段階での地表探査の要求は、交渉を困難にするリスクが高いと考えるべきです」

ジョンはさらに何か言いたそうだったが、西園寺がさらに指摘する。

「大前提としてセラエノ星系における人類の主権をイビスに尊重してもらいたいなら、こちらもイビスの主権を尊重している姿勢を示すことが必要だ。椎名の報告では、イビスは人類と平等な立場であることを求めていた。少なくともそう解釈できる対応をされていた。イビスに主権という概念があるかどうかは不明だが、そうした部分から相互に確認してゆかねばならない。こちらの都合で勝手に地表探査はできないし、一つの交渉に対して、複数の目標を立てるのは良策とは言えまい」

ジョンはそれでわかったと答えたが、決して納得しているようには見えなかった。しかしそれ以上の異議もなく、西園寺はイビスに対する通信を行うことにした。

「私は、アイレム星系にやってくるのは二度目となる西園寺恭介だ。私がアイレムステーションの意思決定について責任を負う。また限られた分野に関してイビスと交渉し、決定する権限を与えられている」

西園寺はイビスの静止衛星に対してだけ、そうした電波通信を行なった。静止衛星から返信があれば、以後の交信はこの衛星を使うことが確認できるだろう。

その予測は当たっていた。すぐに静止衛星から返信が届いた。電波の波長などはこちらの送信電波と同じであった。

「イビスが椎名の仲間と交渉するにあたって、その責を負う立場にあるエッ・ガロウである」

西園寺はその返信内容に驚きはなかった。イビスの高官であるエッ・ガロウはイビス社会の外交官ではないかとは、寝食を共にしてきた椎名の仮説であったが、どうやらそれは当たっているらしい。

むろん人類が考えているような外交官とは違うのかもしれないが、そうであったとしても、ガロウがイビスの中でもっとも人類についてわかっているのは確かだろう。

「西園寺はエッ・ガロウと交渉できることを光栄に思う」

ここまでは順調だと西園寺は思った。これで人類の代表は西園寺、イビスの代表はガロウという関係性が成立した。椎名がイビス社会の中で経験したことはまだ十分に分析されているわけではないが、それでも西園寺がイビスとの交渉を行うにあたって少なくない力になっていた。

これは、彼自身も椎名をバシキールから迎え入れるにあたり直接交渉した経験があることが大きい。西園寺の送ったメッセージがイビスの側でどのように処理されたのか、それを彼は知る立場にあったからだ。

椎名の帰還にかんしては、ミューオン製造機の画像をイビス側に送ることが成功に大きく影響していた。だが椎名の証言は「画像にすればすぐに理解される」という考えが楽観的すぎることを明らかにした。

たとえばコイルを作るにあたって、人類が送った映像では導線に銅を用いていた。それは歴史的なものやコストなどから人類にとっては常識だった。

ところがイビスの技術では、銅よりダイヤモンドベースの超電導線を用いるのが最適化した設計になるというのが常識であった。

椎名は、どうしてダイヤモンドではなく銅を用いるのかを数時間かけてガロウに説明する羽目に陥った。一時が万事であり、映像を理解させるためには、椎名の説明が必要だったのだ。

つまり映像は、文字によるやり取りよりも交換する情報量が飛躍的に増大するために、一度誤解が生じてしまうと、その修正に多大な労力が必要となるということなのだ。

だからイビスの側に人類がいない状態では、映像をいくら送ってもこちらが期待したような形で解釈される保証がないばかりか、むしろ誤解を拡大する可能性さえあるというのだ。

このためアイレムステーションでは、人間を常駐させるまでは映像のやり取りはせず、必要な場合にも静止画に限るという方針が立てられていた。ミューオン製造機の映像資料にしても、その前段として椎名による地道な相互理解の下地があればこそ成功したのだ。

実を言えば椎名が無事に戻ってきたことで、ほとんどの関係者はイビスとの意思疎通を楽観していた。イビスのＡＩによる翻訳能力もあり、今後の交渉は円滑に進むと思っていたのだ。だが椎名の証言はそうした楽観論を吹き飛ばすものであった。椎名の帰還には、少なからず彼女自身の才覚が作用したのである。このため西園寺らは改めて基礎的な部分から相互理解を図ろうとした。

　彼はそこでしばらく、「椎名の仲間」が「人類」であり、「ガロウの仲間」を「イビス」と呼んでいることを互いに了解事項とさせた。これは「人類」「イビス」という単語の意味を相互理解させるよりも、単語の意味を両者で擦り合わせるための手順確認の意味が強かった。

　そうした西園寺の呼びかけに、ガロウが同様の歩みで意思疎通を図ろうとするのも、帰還までの一連のプロセスに果たした椎名の役割を十分に理解した結果なのではないか。西園寺はそう考えていた。

　さらに西園寺は、静止軌道上にある人類の宇宙施設が「アイレムステーション」であることを示した。するとガロウが自分たちの居場所は「バシキール」であると返信してきた。

「椎名の証言ではイビスの大型宇宙船は少なくともバシキールとパホームの二隻があり、我々が軌道上で遭遇した宇宙船はパホームであるといいます。このことと合わせると、ガロウの意図はどう解釈すべきでしょう？」

　西園寺にはセルマの質問の意図がすぐにはわからなかった。

「ガロウはバシキールに居る、それ以上の意味はないんじゃないか？」

「いま我々はイビスに新たな人類を常駐させる交渉を行おうとしています。椎名の保護と帰還の一連のやり取りのあとでは、イビスも、公式に人類代表が送られてくると考えるのは、それほど不自然ではないと思います。

そうであるとすれば、ガロウが再び人類を受け入れるとしても、その範囲は椎名と同様にバシキールの船内に留めたいのではないでしょうか？」

セルマの意見は西園寺には考えすぎに思われたが、よく考えるとそうとも言えない気がしてきた。

いままで情報量という点では、椎名から人類を知ることができたイビスの側が圧倒的に優勢だと思っていた。しかし、イビスの視点ではどうか？　アイレム星系に宇宙船を飛ばし、宇宙ステーションを建設したのは人類の側であり、セラエノ星系にはイビスの施設もなければ宇宙船が向かったこともない。

この状況は、イビスの視点では自分たちこそが情報入手に関して劣勢にあると解釈するかもしれない。少なくともそう解釈される余地はある。

ただ西園寺は、セルマの指摘は考慮に入れるものの、現状のままで交渉を続けるつもりだった。事態の進行が早くて、セラエノ星系政府もイビスから派遣されてきた人員をどう扱うかの方針ができていないのが一番大きな理由だ。アイレムステーションに止《とど》めるのか、セラエノ星系まで来てもらうのかさえ定かではない。セラエノ星系の外周にある惑星バラゴンの観測基地を交流の場にするという意見もあったが、それにしたところで思いつきの域を出るものではなかった。

現状、セラエノ星系政府は、イビスの社会に送る常駐者二名の人選で手一杯なのが実情なのであった。

「西園寺からガロウに尋ねる。条件が整ったなら、人類から二名をバシキールに派遣することを求めた場合、イビスはそれを受け入れられるか？」

相手が人間であるなら「条件が整ったなら」というより「将来的に」という含みを持たせた表現にしただろう。だが椎名によると、イビスと人類との間には時間の観念にかなり違いがあるらしい。ＡＩは椎名が「時間」という単語を使っても適宜翻訳しているが、その意味が必ずしもイビスには正確に伝わっていなかった。さらにイビスの側から「時間」という言葉を使われたこともなかったというのだ。

椎名とガロウとの間では、いくつかの問題について「先送り」することで意見の一致を見ていたが、これについてもガロウの理解はあくまでも「条件が整ったなら」であり、「将来の解決すべき問題」という認識ではなかった。

それでもいまは整わない諸条件が整うのに時間がかかり、先送りとは自動的に未来の事象となるので結果は同じなのだが、それでも未来という観念についての理解は違った。まさに椎名は、この時間の観念も「先送り」していたのである。

「バシキールには二名の人類の代謝活動を正常に行える環境が用意されている。西園寺はどのような手段で二名の人類をバシキールに送ることを考えているのか？」

西園寺がこの時考えていたのは、津軽がバシキールに派遣する人員を乗せていく時に、往還機であるウーフーも積み込むことだった。大気密度などは惑星レアもバスラも大差ないため、ウーフーの飛行特性には影響はないはずだった。

「西園寺はこのような方法での移動を考えている」

彼は画像をガロウに送った。アイレムステーションからウーフーが飛び立ち、大気圏を移動して、イビスが居住している地下都市まで到達するという一連の流れを示した画像である。地上から地下までどう移動するかはわからないが、そこはガロウが手段を提示してくれるだろう。

「ガロウは西園寺の提案は受け入れ難い。イビスにとっての問題がある。イビスは地上とバシキールをつなぐ手段がない」

そしてガロウが送ってきたのは、椎名が証言したバシキールと地下格納庫とその直上の地表のイラストだった。そこでは地表とバシキールは完全に分断されていた。地上と連絡できるトンネルの類《たぐい》はなかった。

イビスは惑星バスラ土着の微生物を恐れていると言われていたが、ここまで徹底しているとは思わなかった。文化の違いがあるとはいえ、椎名のギラン・ビーが軌道上にワープ装置で送られたことに西園寺は違和感を覚えていた。そんな手間をかけなくても他に方法があると思っていたのだが、地上と通じるトンネルさえないとなれば、ワープを使うしかないのだろう。もっともそれだけのワープ技術があるからこそ、トンネルを排除できたのだろうが。

ただジョンだけは、細菌の侵入を阻《はば》むための地下都市という説には納得していなかった。

「人類の植民惑星全体に共通する事実として、微生物は地表ではなく、その十数倍も多く土中に含まれています。微生物を避けるのに、地下に都市を作るというのは理解し難い行動です。

もちろん彼らの技術なら、微生物の浸透を許さない素材は可能でしょう。ですが、それなら地表に隔離空間を作り上げてもいいはずです」

西園寺は無意識にセルマに顔を向けて確認してみるが、どうやらジョンの意見は正しいらしい。確かにその指摘は興味深かったし、「イビスが惑星バスラに居住できない原因を探っている」というガロウのメッセージとも関係があるのかもしれない。

ただそうはいっても、いま検討している問題に直接影響するものとは思えない。

「バシキールの格納庫と地表との距離は幾らなのか？」

西園寺は図を交えて再び尋ねる。ガロウは文字だけで返答した。

「人類の単位ではほぼ三〇〇メートル」

それは決定的な数字であった。十メートル程度なら掘削も不可能ではないとしても、三〇〇メートルではアイレムステーションの手持ちの機材ではどうにもならない。それに仮に三〇〇メートルの掘削が可能だったとしても、ガロウが地下格納庫の壁を切断してくれるようなことは期待できそうにもなかった。

「こうなるとイビスの宇宙船にワープしてもらうしかないのか」

西園寺はあまり考えたくなかったが、他の選択肢はないことを認めざるを得なかった。拡張したとはいえ、アイレムステーションは全長にして一〇〇メートル程度のシリンダーに過ぎない。そこに全長五〇〇メートルを優に超える大型宇宙船がワープしてくるというのは、やはり恐怖がある。

椎名とイビスのコンタクトが行われた現在なら、イビスがステーションごと宇宙船に収容してしまう可能性は否定できるだろう。

それでも宇宙船としてのバシキールなりパホームなりの性能には不確定要素も多い。彼らが強力な磁場を作動させたために、悪意などなかったとしても、ステーションに甚大な損傷が及ばないとも限らない。

西園寺がウーフーの着陸を考えたのも、できるだけステーションからコンタクトとの距離を置きたかったというのがあった。

「指揮官は問題を複雑に考えているんじゃないですか」

西園寺の考えを読んだかのようにジョンがいう。

「椎名はバシキールとパホームの二隻の都市宇宙船の存在を確認しましたけど、それがイビスの保有する宇宙船のすべてなんでしょうか？」

「確かにガロウから保有宇宙船の数を確認はしていない。椎名個人の印象では雑作業用の宇宙船があってもおかしくはない。となると、それの確認だな」

西園寺は自分の采配の頭の悪さに嫌気がさす。常識で考えれば、イビスが二隻しか宇宙船を持っていないことの方が不自然なくらいはわかる。普段ならそういう判断をしていたはずだ。

ただ、自分が生きてゆくための成り行きとはいえ、いまのような重責を背負う立場になったことで、頭の悪さを自覚するほどの慎重な対応になっているのだろう。だがセラエノ星系政府が期待しているのは、単なる慎重さではなく、リスクをとった上での前進なのだ。

「西園寺のいう宇宙船とは何か？」

西園寺はイビスが保有する宇宙船の隻数を尋ねたが、ガロウは宇宙船の定義を求めてきた。それは予想すべき状況だった。イビスほどの技術文明なら多種多様な宇宙船があっても不思議はない。それは人類も同じである。

ただ、多種多様な宇宙船が存在するという事実は、宇宙船とは何か？　という定義を否応なく面倒にする。たとえばアイレムステーションは宇宙船か？　と問われれば、万人が納得する定義は簡単ではあるまい。

「西園寺は質問を訂正する。イビスはアイレムステーションから二名の人類を輸送するのに適した手段を所有するか？」

とりあえず西園寺は、宇宙船の定義などという無駄な議論を回避する案を提示した。もとより彼はガロウとの直接の面識はないわけだが、彼《か》の人もまた、手間ばかり多くて得られるものが少ない定義論を回避できたことに安堵しているような気がした。

それに「質問を訂正する」が通用するならば、これからの議論の進め方はかなり効率的になるはずだ。ガロウからはすぐに画像で返答が送られてきた。概《おおむ》ね西園寺の意図は先方に通じているらしい。

ただ、手段という表現をガロウが思った以上に広く解釈したためなのか、そこに描かれていたのは、直径二〇メートル、全長六五メートルの円筒形の物体だった。大きさがわかるのは、地球の文字でサイズが記載されているからで、簡単な注釈によるとスラスターやドッキングベイも内蔵されているらしい。

「イビスは、我々が代表を派遣することを予測していたようですね」

セルマが送られた画像を見て、そう呟く。

「予測していたとは？」

「このドッキングベイはアイレムステーションにはドッキングできません。ドッキングベイは、どこでもステーション側がメスで宇宙船側がオスの構造です。イビスの宇宙船は、代表二名がギラン・ビーで移動した場合のみドッキング可能です。イビスがギラン・ビーのドッキング機構を解析できたのは、将来の人類とのコンタクトを視野に入れて、あの円筒を急遽製作していたからだと思います」

セルマの仮説が正しいなら、送られてくる宇宙機がずんぐりした円筒形なのも、自分たちで製作しているためか。

さらに円筒がステーションに直接ドッキングできないというのは、人類とイビスの間で微生物に暴露される状況を最小にするためと解釈できそうだ。

「西園寺は、以下の手順が人類二名の移動手段として最適と考える」

そうして彼はステーションからギラン・ビーに人間が移動し、ギラン・ビーが円筒にドッキングする図を示した。そして一文を追加する。

「この円筒の名前を西園寺はなんと呼称すればよいのか？」

「円筒はトルカーチと呼べばよい」

こうして西園寺とガロウの間では、人員の移動にかんする詳細が固まりつつあった。そして一二月二二日には、セラエノ星系から代表二名を待つだけという段階まで作業は進んでいた。ただ予定では、代表を乗せた津軽が到着するのは二日後の二四日だった。

ステーションのＡＩが全員のエージェントに注意喚起したのは、予想外のことだった。

「外惑星方面より、宇宙船Ｅ２の信号を傍受しました。信号は人類のフォーマットに合致し、ＳＲ84というミッションナンバーを送信しています」

ＳＲというのはSearch Route の略で、新しいワープ航路を探査するミッションの記号だ。しかし、セラエノ星系からアイレム星系にワープするパラメーターはわかっている。いまさらそんなパラメーター設定をＥ２にはしないだろう。

あるいはＥ２で緊急に人員を送り込んできたのかとも思ったが、津軽ではなくＥ２を用いる理由がわからないし、宇宙船からもＳＲ84というミッションナンバーが送信されている。何が起きているのかわからない中で、ＳＲ84の信号は途絶えた。

一二月二二日・工作艦明石

「SR84の信号を傍受しました」

　工作艦明石のAIは無人探査機E2の帰還信号を受信したことを報告した。松下紗理奈工作副部長のエージェントは、その信号の発信地の座標も表示したが、それは当初計画していた帰還座標とはずれていた。時間も秒単位ではあるが、やはり相違がある。

　帰還座標の誤差は一万キロ程度のものだったが、時間は数秒の遅れとなっていた。それが何を意味するのかはわからないが、いままでの実験で設定したパラメーターのものとも反応が異なるようだ。

「新しいタイプのパラメーター群の反応はどう？」

　仮想空間を介して艦長の狼群涼狐《ろうぐんりょうこ》が松下に問いかける。工作部長の狼群妖虎《ようこ》なら、分析にかかる時間なども読めるため確認するタイミングも適切だが、涼狐はそこまで気を遣ってはくれなかった。

「新パラメーターでの実験はSR84が最初ですので、何とも言えません。ただ今回のミッションは予想値より空間的にも時間的にも誤差が大きい印象です」

「言語の曖昧さ、なのかしらね？」

　涼狐の一言に松下は、ハッとした。自分にさほど技術知識はないと称する涼狐艦長ではあるが、その視座には松下も常に畏敬の念を覚えていた。なるほど妖虎先輩の姉たるもの、こうでなければ困る。

「誤差は表現の問題であると？」

松下の問いかけに、涼狐はいう。

「あくまでも言語のアナロジーで考えれば、そういう表現になる。仮想空間では私はブリッジの艦長席にいるように見えると思うけど、実際にいるのは食堂。遅い食事を摂《と》っている。

私がここに来て、といえばあなたは食堂に来てくれるかもしれない。でも、私が本当に来て欲しいのは食堂の私の正面席につくことだったらどう？　正面席が正解なら、食堂に来るだけだと誤差かも」

「より精度の高いパラメーターが存在するということですか？」

松下は勢い込んで尋ねる。いま涼狐は非常に重要な何かを口にしようとしている。そんな予感があったためだ。

「座標誤差という言い方をすれば精度なんだろうけど、むしろ階層の誤差なんじゃないかという気がする。さっきの場合だと、食堂という集合があって、その下位に、この席やらテーブルやらが存在する。テーブルまでワープしたいなら、食堂にワープ、ではなく、食堂のテーブルにワープとしなければならない。

「まぁ素人が語学というメタファーで妄想を膨らませただけよ。妖虎ほど専門的なアプローチはできないけど、素人の妄言で視点をリセットできるなら、それはそれで無意味じゃないでしょ」

工作艦明石は幾つもの案件を抱えていたが、その中の一部については工作艦津軽に担当を移していた。津軽に移行した一番重要な案件は、三次元プリンターのマザーマシンに関するものだった。

すでに一号機は完成し、政府に引き渡してあった。津軽では二号機の製造が椎名の指揮のもとに行われる。これはマザーマシンの製造経験を持った人材を増やすという意味とともに、工作艦としての津軽の技術水準を高める効果も期待されていた。

それでも工作艦明石の工作部長である狼群妖虎は軌道ドックに常駐し、政府側スタッフとして仮想空間上でマネジメント・コントロールに参加することが多くなり、結果として副部長の松下紗理奈がSRミッション全体を統括していた。

そうした中で、狼群涼狐はようやく狼群商会という、自分たちの企業体の全体像を見直す余裕を持てるようになった。妹の妖虎が政府スタッフになったおかげで、涼狐の方に時間的余裕ができた格好だ。

ただSRミッションは当初の実験計画からは大幅に軌道修正が行われていた。理由の一つは実験機であったE1が使用不能となったことだが、それ以上に大きかったのは、SR48にてドルドラ星系にワープアウトしてしまったことだ。

ドルドラ星系がどこに存在するのか、そもそもいつの時代にワープアウトしたのかは不明だが、セラエノ星系から何千光年も離れているのではないかと思われた。ともかくE1の観測範囲にボイドはなかった。

ドルドラ星系にはシドンという地球型惑星があり、その周回軌道上に一三〇年前に遭難した宇宙船コスタ・コンコルディアの姿があった。

不可解なのは調査の結果、一三〇年前に遭難したはずのこの宇宙船がドルドラ星系に到達してから、数世紀が経過しているという事実であった。さらにE1はワープから一日後に帰還したにもかかわらず、記録では現地に数ヶ月は止《とど》まり調査を継続していた。

つまり時間の進行に関して前例のない事態が起きていた。そしてE1による再調査は実行できたものの、帰還と同時に寿命を迎え、僚機であるE2により調査の継続を試みたところ、それはドルドラ星系に到達することはできなかった。同星系へのワープはたった二回の成功で終わったのだ。

ドルドラ星系に到達する前のSR47については、E2はE1の実験結果を再現できた。このことからも再現性のないSR48が非常に特異な現象であることがわかった。

このことからE2による実験は一時停止し、入手できる限りのパラメーターとワープの関係を明石のAIに分析させた。

正直、この段階では松下も何か意味のある結果が見つかるとは思わなかった。パラメーターは数字の組み合わせであり、SR47と48では結果は極端な違いになりながら、数字の並びに目立った変化はなかったからだ。

しかし、イビスと椎名の言語翻訳を行なったために機能不全に陥ったギラン・ビーのAIを、明石のAIにより解析したところ、ワープパラメーターの数値列を「未知の言語」と解釈した。言うまでもなく、工作艦明石は過去に何度もワープを行なっており、地球圏にも何度も向かっている。

そうしたワープ航法の中でAIが、「ワープパラメーターは未知の言語である」などと結論したことは一度もない。にもかかわらずAIがいまになってこんなことを言い出してきたのは、イビスの言語解釈をさせたためらしい。

人間には、人間の言葉もイビスの言葉もワープパラメーターも、それぞれまったく異なる存在とわかる。しかし、AIの視点ではそれらは未知の記号群でしかなく、さらにイビスの言語を解釈するやり方を一連の出来事の中で学んだために、ワープについても同じと判断したらしい。明石のＡＩに限った話ではないが、ＡＩは言語もワープパラメーターも記号群の変化としか認知しないのである。その辺りの人間の常識はＡＩには通用しないのだ。

ただ松下は、ＡＩが導いた「ワープパラメーターは未知の言語」との結論を、全否定するつもりはなかった。言語というＡＩの表現に必要以上にこだわる必要はないと彼女は考えていた。

むしろＡＩの指摘は、「ワープパラメーターは言語である」と解釈するのではなく、「ワープパラメーターにはＡＩに認知できる規則性なり法則性がある」と解釈すべきなのではないか？　むろん問題はワープパラメーターだけで完結はしない。

明石のＡＩはワープ航法のログとパラメーターを参照しているため、宇宙空間のさまざまな環境の違いとパラメーターの関係から、規則性があると結論しているようだった。ただ明石やＥ１、Ｅ２が観測しているセンサーデータは膨大で、人力で解析できるようなものではない。単純に外部センサーだけでなく、たとえば核融合炉の内部状態のセンサーも含む（ＡＩには宇宙船の内側と外側の区別などつかない）ため、ワープパラメーターと何が意味のある相関関係を持つのかを特定するのは、然るべき準備と戦略を必要とした。

ただ松下には実験を続けるための別の戦略があった。それはAIがワープパラメーターを言語と認識しているのであれば、特定の天体へワープするための「言葉」を推測できるのではないかというものだった。

もしも現在の地球圏とのワープ途絶が、宇宙の何かの環境の変化によるものとすれば、あるいはその変化に応じた正しい言葉があるかもしれない。根拠薄弱だがアプローチする価値はある。

しかし、松下はこのアプローチの結果、AIから予想外の返答を受け取った。

「それに該当する言葉は認知されていない」

AIの言葉を素直に解釈すれば、地球圏に向かう第二のパラメーターはないということだ。それはがっかりさせられる結論だったが、現状を考えれば納得できる。しかし予想外だったのは、既知の地球圏向けのパラメーターをAIに解読させた時だ。

いま明石にせよ津軽にせよ、セラエノ星系からワープする宇宙船がアイレム星系に向かう時は、地球圏行きのパラメーターを活用している。そもそも地球圏に向かうつもりが、アイレム星系にワープアウトしてしまったのがこの問題の発端なのだ。

だからAIから期待されるのは、「地球圏行きパラメーター」もしくは「アイレム星系行きパラメーター」のいずれかであるはずだった。

しかし、AIからの返答は「意味の定義されていない言葉」であった。これは松下もどう解釈すべきかわからなかった。「ワープのパラメーターとしては適切ではない」くらいの意味であれば、AIは「不適切」と返すだろう。

だがAIは「意味が定義されていない」と返してきたのだ。そもそもここでAIは「意味」という言葉をどんな「意味」で使っているのか？

松下はE1がドルドラ星系に向かったパラメーターについてもAIに尋ねた。その返答もまた「それに該当する言葉は認知されていない」であった。どうやら「該当する言葉が認知されない」と目的地にワープできないのは確かなようだ。それだけに「意味が定義されていない」との違いがわからない。

どうやらワープパラメーターを何かの言語と認知したAIに対して、それを人間の言葉に翻訳させることそのものに本質的な問題があるようだ。理由の一端は、ワープパラメーターの数が極端に少ないことだろう。明石に記録されているパラメーターすべてを解析しても一〇〇を少し超える程度だ。言語を翻訳させようとする時、これはあまりにも少なすぎるサンプル数だろう。

松下はスタッフとも協議したが、結論として彼女の分析を出るものではなかった。ただ、彼女はその議論の中で別のアプローチを思いついた。「意味の定義されていない言葉」とされたパラメーターに対して、松下は「意味を定義せよ」と命じたのだ。

それはＡＩに対してかなりの負荷を強いることになったのだろう。明石の艦内電力モニターは、ＡＩを成立させているコンポーネント群が尋常ではない電力を消費した有様を示していた。松下は電力消費が一線を越えたら、電力をカットする手配をしていたが、ＡＩはそこから大人しくなった。そして一連のワープパラメーターを出力した。

「これは内航船のワープパラメーターじゃないでしょうか？」

スタッフの何人かが、そう指摘する。理由は単純明快で、投入エネルギー量を意味する数値が恒星間航行の時よりもずっと小さいからだ。普通はこの水準では星系内から外にはワープできない。

松下もＥ２にこのパラメーター設定を行うかどうか決めかねていた。投入エネルギー量から考えて星系内から外には出ないはずだった。ただ松下の独断では決められなかった。

「エネルギー投入量が星系内から出ない水準なら、そのパラメーターでの実験を許可します」

最終的に松下は上司である狼群妖虎と連絡をとり、実験は行われた。ＳＲ84はワープしたのち、短時間行方不明になり、そして工作艦明石に発見されたのだった。

「信じがたい話ね」

松下は、SR84についてのデータ分析を、艦長である狼群涼狐に仮想空間の中で報告した。信じ難いと言われるのは予想していた。当然の反応だ。自分だって信じ難いのだ。

「ですが、筋は通ります。アイレム星系とセラエノ星系は力学的には一つの連星系を構築しています。ですから本来なら、この二つの星系は星系内の移動で処理できて然るべきなんです。現在のようにセラエノ星系から地球圏に向かうべきパラメーターでアイレム星系にワープしてしまうことこそ、異常事態なわけです。本来ならばあり得ない事例です。その点では、セラエノ・アイレム星系という一つの星系内を移動するパラメーターが存在するという事実こそ正常といえます」

確かに異常なデータと思われるのは、松下も理解していた。それはセラエノ星系内部ではなく、アイレム星系にワープしていた。観測機器による天体写真もワープアウト地点がアイレム星系内部であることを示しているだけでなく、アイレムステーションの姿さえカメラには収められていた。

アイレムステーション側もSR84の信号に反応して、自身の座標信号を通知していたため、何かの間違いの可能性はなかった。そしてワープアウト地点の観測を終えて、SR84は帰還したのであった。

「このデータがあなたの解釈通りとすれば、二つの星系に見えるものは力学的に一つの星系なので、内航船のパラメーターで恒星間をワープできると解釈していいわけね？」

「はい。人類の六〇近い植民星系の中で、セラエノ・アイレム星系のような連星系は一つもありません。それだけに二世紀近いワープの歴史の中で、こうした事例が報告されていなかったのだと思います」

涼狐は事実関係については理解し、納得しているようだった。しかし、何か別のことがしっくり行っていないように松下には見えた。

「ワープパラメーターが何かの言語であるというAIの分析に従い、SR84にパラメーターを算出させたら、二つの星系を移動する最適なパラメーターを発見した。

私の事実関係の認識はこうしたものだけど、本当にこれでいいの？」

「はい、事実関係はそうなります」

松下としては他に返答のしようがない。

「だとすると、ワープというのは科学というよりも、魔法の類に近いことになる。願いを叶えるためには、ワープの言語、つまりワープ言語とでもいうべきもので、正しい呪文を唱えればいい。それがワープの仕組み。

つまり素粒子理論などとはまったく別の次元で、ワープ言語を解釈して、物体を移動させる何かの知性が存在することになる。神とか悪魔とは私も呼ぶつもりはないけど、超越的な何者かである可能性はある……そういう結論にならない？」

涼狐の解釈を聞いた時、松下はＡＩから発せられる言葉の解釈の難しさを思った。涼狐ほどの人物でも、一つの誤解から神秘主義的な解釈に至ってしまう。しかも重要なのは、単語と単語のつながりを追う限り、そこに矛盾はないことだ。しかし、矛盾がないことは必ずしもその解釈の正しさを保証しない。なぜならば絶対的に数が少ない記号群は表現範囲が少ないからこそ、矛盾しない解釈が可能であるからだ。

「前にもお話ししたと思いますけど、ＡＩがワープパラメーターを言語と表現した理由は、ワープ宇宙船がワープを実行した時の内外の状況とパラメーターの間に一定の法則性があるという意味です。

一定の法則性がある記号群を、イビス言語を翻訳したばかりのＡＩは、同じカテゴリーの作業と判断し、言語という名称を与えたに過ぎません。

しかし、残念ながら私を含めた人間は、ワープパラメーターは言語であるという結論を前にすると、それが意味する内容よりも先に、言語であるというイメージを持ってしまいます」

それは涼狐の解釈に対する反論であったが、彼女はむしろ反論されたことに安堵しているようだった。確かに「特殊言語で神仏に祈ればワープできる」という類の解釈を受け入れる方が難しいだろう。

「それでワープ言語に反応する知性は何かということならば、それは宇宙船のAIしかありません。パラメーターを設定した宇宙船はワープする。単純な話です。ただ、我々はこの単純な理屈をワープ言語というイメージに引きずられてしまうということです」

涼狐はその説明に概ね納得したようだったが、それでも疑問は払拭されてはいなかった。

「言葉のイメージのために大きな間違いをするところだったのはわかった。だけど、あなたは以前言ったわよね。AIにとってみれば、言語翻訳もワープパラメーターの記号群の分析も本質的には違いはないと。AIにはこの両者は区別できないから。

だとしたら、SR84の新しいパラメーターが、最適な航路を発見したというのは、何を意味しているの？

あるいはこう尋ねるべきなのかしら。ワープ現象の中で、ワープパラメーターを本当の意味で、理解もしくは解釈している主体は何なのか？」

松下はそれに対して何も答えられなかった。

2　人材交流

一二月二一日・ラゴスタワー

アーシマ・ジャライ首相がこの時期に傾注していたのは、イビスとの交渉でもなければ、地球圏との経済途絶に対応した金融システムの構築でもなく、政府機能を如何にマネジメント・コンビナートに接続するかという問題だった。

すでに文明維持の基盤となる半導体の自給自足や三次元プリンターのマザーマシン製造については、密かにそれらを研究していた人材がセラエノ星系に来ていたという幸運にも助けられ、最悪の事態を避けられそうな目処《めど》は立ちつつあった。

もっともそれとて楽観できる状況ではなかった。伝統的ゲームのポーカーで喩えるならば、自分たちは使える手札もわからないままゲームを始めてしまったようなものだ。ストレートフラッシュだのフルハウスだのの強い役を狙うどころか、ワンペアが狙えるかどうかもわからない。

それでも文明を維持することさえできたなら、それがどれほど不恰好なものであっても、ロイヤルストレートフラッシュ級の快挙だとアーシマは思っていた。このゲーム、勝つことよりも負けないことこそが重要なのだ。

それに関して、アーシマは第一政策秘書のハンナ・マオに対して、秘密裏に研究を命じていた。それはイビスとの貿易の可能性である。椎名の証言によると、アイレム星系のイビスの総人口は二〇万人程度ではないかと思われた。

もしも二つの星系で貿易を行うことが、それぞれの文明の生存戦略に大いに寄与するなら、イビスとの貿易も柱の一つになるかもしれない。アーシマはそうしたことを視野に、研究を進めさせていたのだ。ただ将来的にはともかく、現時点では公《おおやけ》にはしていない。公にできるほどイビスについて情報がないからだ。

「首相、夏《か》クバン艦長と熊谷俊明船務長が到着しました」

エージェントが報告する。

「わかった。応接室にお通しして。私もいま行きます」

コーヒーなどの手配はエージェントが自動で行なっている。給仕は人間でもロボットでもどちらでも対応できたが、アーシマはロボットを選んだ。相手が賓客なのはわかっているが、だからこそ人間を使えないこともある。

「お待たせいたしました。おかけください」

応接室は執務室と隣接しているため、夏艦長らが入室すると、アーシマはすぐに迎えることができた。夏艦長と熊谷船務長は丁重に挨拶を返したが、首相官邸に呼ばれたことに明らかに違和感を覚えているらしい。それは当然だろう。大抵の用件は仮想空間上で完結する。

特に偵察戦艦青鳳《せいほう》はいまは軌道ドックより低高度の宇宙港に移動しており、地表との通信環境は以前よりも改善している。

「直接お呼びしたことに驚かれているものと思います。実はお二人に是非とも引き受けていただきたい任務があります」

「それは政府の仕事ということですか？」

夏艦長が尋ねる。それは当然とアーシマは思う。建前として青鳳とその乗員は軍の指揮下にあり、セラエノ政府の指揮系統にはない。たしかに青鳳の帰属については彼らの生活がセラエノ星系に依存している現在、艦内の部署や配置はほぼ形骸化していた。それでも未だ正式には政府の管理下に入ってはいない。

軍人として手順を重んじる夏艦長だからこそ、アーシマの「任務」という言葉に引っかかったのだろう。

「手順が異例なのは十分承知しています。それでもなお政府のプロジェクトのために、お二人に任務に就いていていただきたいのです」

熊谷が質問する。

「まさかとは思いますが、首相は青鳳の運用に関して理解していただけていないのでしょうか？　青鳳において艦長と船務長は指揮系統のトップと次席です。その二名が何某《なにがし》かの任務に就いたとして、青鳳の運用はどうなります？」

アーシマは我ながら詭弁に近いと思いながら二人に言う。

「優れた指揮官は、自分がいなくなっても艦の運用に支障をきたさないと聞いております。したがってお二人が任務に就いたとして、青鳳は正常に運用可能と考えます」

意外なことに、この返答に夏艦長は大笑いした。隣の熊谷が驚いているのだから、彼女が身体を折り曲げるほど笑うことなどないのだろう。

「アーシマさん、いまここでそんな茶番をいう暇はないんじゃないですか。私が政府の任務かどうかを確認したのは、何かあったときに部下の面倒を保証していただけるかどうか、その確認の意味です。もちろん我々は精鋭揃いですから、艦長や船務長不在でも十分やってゆけますけど」

「ありがとうございます」

アーシマは一礼し、そして二人に任務を告げる。

「アイレム星系に移動し、イビスの都市宇宙船バシキールの駐在者になっていただきたい。強制はしません。無理に任務に就いたとして、望ましい結果は期待できませんから。ただ政府としては引き受けていただきたい。受けていただけるのが望ましいのではなく、受けてもらいたいのです。お二人以上の適任者はセラエノ星系にはいない」

アーシマは反論を許さない勢いで、一気にそこまでを話した。

「我々が適任という根拠はなんでしょうか?」

夏艦長はアーシマの話に、拒否するでも同意するでもない態度でそう尋ねる。

「まず、イビス社会に常駐する人間は否応なく人類に対して責任を負うことになる。同時に自身で人類にとって不利益にならない判断を行わねばならない。簡単に言えば高度な権限を有する外交官に相当する。これだけの重責をこなせる高官はセラエノ星系政府内にも乏しい。

はっきり言うならば、セラエノ星系政府高官は現下の状況では政府機能の維持管理で手一杯で余裕はありません。教養と高官としての経験を積み、未知の出来事に対しても常に最善の判断を行える。そうした人材はお二人しかいないのです」

選んだ理由は、セラエノ星系で手の空いている高官経験者が夏と熊谷しかいないから。非常に意地の悪い言い方をすればそうなるだろう。

ただ現実問題として、セラエノ星系政府の選択肢が限られているのも事実だ。総人口一五〇万人の社会で、異星人文明との交渉担当者を決めるというのは簡単な話ではない。そして地球圏との交通が途絶したいまのセラエノ星系では、高い技能の持ち主こそ文明維持のために尽力してもらわねばならない。

マネジメント・コンビナートのような組織が作られた理由も、文明を維持するために必要な知識を持った人材の絶対的な不足にある。

こうしたなかで青鳳の乗員たちは、良くも悪くもセラエノ星系社会とほとんど関わりを持っていない。これはイビスが存在する状況の中で、数少ない戦闘艦である青鳳の臨戦態勢を維持するためであった。

結果的に、艦長や船務長がセラエノ星系社会において、「手の空いた高官」という稀有な存在となるわけだ。

しかし、潮流は変わりつつある。椎名の帰還以降、青鳳がイビスと戦うような想定は現実的ではないという意見が大勢になっている。アーシマによる打診の裏にも、この状況の変化があるだろう。

はっきり言えば夏艦長自身がイビスとの武力衝突には懐疑的だった。立場上は夏艦長も「抑止力」とは口にするが、それはイビスと人類が共通の価値観を持って初めて成立する概念だ。そして現状でそれが成立するのかどうかわからない。

相手が何者かわからなくても、武力の整備は必要という意見はあるが、願望をいくら口にしても願望に過ぎない。客観的に見れば、セラエノ星系固有の戦闘艦は老朽化が激しい、新鋭戦艦とはいえ青鳳一隻では何もできない。それが物理的現実だ。

それでもなお安全保障を考えるなら、まったく概念の異なるグランドデザインを構築しなければならず、そのためにはイビスを知ることが最優先される。夏艦長は軍人として、アーシマの対イビス政策は安全保障面で合理的だと考えていた。

「その高官という部分は、小職らが軍人であることも加味してのものでしょうか？」

「その点は特に加味しておりません。重要なのは組織管理者としての経験を有する高位の行政官である点だけです。強いていうならば、軍人というより危機管理の専門家であることを我々は評価しています」

軍人よりも危機管理の専門家という表現は、軍人であることに特別の矜持《きょうじ》を抱いている ような人ならば気分を害することもある。それでもアーシマがそうした表現を用いるのは、夏艦長自身が軍人という職業をそう認識していると解釈していたことと、この程度の表現の違いで怒り出すような人物なら、そもそも依頼などしていないためだ。ただ熊谷は別の疑念を抱いていた。

「私と艦長が政府の任務を遂行するとして、命令系統といいますか、階級の差はどうなります？　我々は対等なのか、それともやはり准将である艦長が、大佐である私の上司なのか」

それはアーシマが見落としていた点だった。漠然と艦長と船務長の関係と考えていたのだが、確かに軍とは無関係に政府の任務に就くとなれば、階級はどうなる？　という問題が生じる。

「同じ任務に就くのだから、我々は同僚だろう、船務長。まさか地球圏と途絶した状況でも軍の階級が優先されるとでもいうのか？」

「いえ、あくまでも同僚であるかどうかの確認です」

アーシマが戸惑っている間に夏艦長が論点を整理する。この能力こそアーシマが彼女に期待するものなのだ。

「ところで、現時点で、アイレム星系とセラエノ星系との情報伝達はワープ宇宙船の往復に頼る以外ありません。イビス社会における人類代表として我々が活動するにあたり、否応なく意思決定にかんして強い自由裁量を与えられねばならないと考えますが、これはどうなのでしょう？」

夏艦長の疑問は当然のものだったし、人類代表に相当する人間を送るからには避けられない問題だった。

「まず、これは非常に迂遠《うえん》な話に聞こえると思いますが、原則として可能な限りお二人には自由裁量権が与えられます。ですが、それがどこまでなのかは現時点では約束できません」

「それは、政府として自由裁量の範囲を定義できないからですか？」

自由裁量を決められないという話が夏艦長には意外であったらしい。なのでアーシマも言葉を続ける。

「現段階では、我々はイビスの責任ある立場のガロウと交渉しています。ただしイビス社会の構造が不明である状況で、ガロウの持つ権限についても未知数です。椎名の宇宙船を送り返すことを決められる程度の影響力はあると思われますが、すべてガロウの決定とも言えません。

イビスと人類が対等な関係を模索するならば、駐在者の自由裁量権はガロウの自由裁量権に大きく依存します」

夏艦長と熊谷船務長は、自分たちの裁量権がガロウの裁量権と無視できない関係にあるとは思わなかったらしい。当然だろう。自分とてマネジメント・コンビナートで指摘されるまで、そこは気がつかなかった点だ。

「自由裁量の問題とも関係しますが、バシキールとアイレムステーションの間では通信が常に可能であることが、ガロウとの間で約束されています。イビスの約束の観念には不明点もないではありませんが、当面お二人はアイレムステーションの機材と人員の支援を受けることが可能です。

ただ、アイレムステーションの西園寺指揮官はお二人の命令には従いません。逆も同様です。西園寺指揮官にお二人への命令権はありません。ただし政府命令の伝達者として帰還命令は発せられます。

なので人類代表として駐在する人員はステーション指揮官と同等の立場で、意見の相違は合議で解決していただくことになります。西園寺指揮官もステーションとスタッフの安全に責任があります。ただ彼の任務はあなたたちのバックアップなのも間違いありません」

アーシマはアイレムステーションにかんするデータを二人に転送した。そのメンバーの陣容に、夏艦長はそれなりの評価を下しているらしい。

「それで、返答はいつまでに？」

「可能であれば、この場で。二四日にはアイレム星系に行かねばなりません」

アーシマは隠さずにそう伝える。同時に夏艦長は即答するだろうという読みもあった。

「返答を明日に延ばして何かが変わるとも思えません。首相の立場も小職なりに理解しているつもりです。お引き受けいたします。ただしそれは私の判断であり、熊谷の考えは分かりません」

それには熊谷船務長も驚いていたが、考えてみれば二人の間に上下関係はないと言ったのはアーシマであるのだから、夏艦長の決定が熊谷船務長の同意を意味するはずはない。

「自分も引き受けます」

「お二人の決断に感謝します」

アーシマは安堵した。バシキールに駐在する人類代表役をこの二人が引き受けてくれたなら、最初のハードルはクリアしたようなものだ。あとは政府側がどれだけサポートできるかだ。アーシマはこのことも率直に夏艦長と熊谷船務長とで話し合った。

一二月二四日・軌道ドック

この時の軌道ドックの工作艦明石は、いつもとは状況が違っていた。左舷側は軌道ドックに接続されていたが、通常なら何もないはずの右舷側には狼群商会の持ち船である輸送船ケルンが接続されていた。明石から見れば左右両舷で何かと接続している格好だ。

工作艦を中心に複数の船や施設と結合する状況を「串刺し」と造修畑のエンジニアたちは呼ぶのだが、いまの明石はまさにその串刺し状態だった。

他にも複数のプロジェクトに関わっている明石が串刺し状態でケルンと接続しているのは、同船を再稼働させるためだ。

狼群商会の社長である狼群涼狐は、地球圏とセラエノ星系間のワープにトラブルがあることを知ると、自社が保有している宇宙船関係の消耗部品を軌道上にあるケルンに移動していた。宇宙船を稼働させるのに不可欠な部品などは、政府よりも自分たちが管理する方が効果的という判断によるものだ。

結果的に現実に起きていたことは「ワープにトラブルがある」どころの話ではなく、ワープそのものが不能という予想外に深刻な事態であった。そうした中で輸送船ケルンは軌道上で倉庫として放置状態だった。

星系内のワープしかできない輸送船は宇宙施設が貧弱なセラエノ星系の中で、地球圏の宇宙船の稼働率向上を目的に運航するのが業務の中心だった。宇宙港や軌道ドックを他の船舶が塞いでいるような時に、輸送船に物資を移動させることで、恒星間宇宙船はセラエノ星系に滞在する時間を最小限度にして、稼働率を上げられる。

輸送船ケルンはこうした形で移動する倉庫としての運用が中心だった。小さな船体ながら、多数のコンテナを船外に固定して輸送できるのはこのためだ。つまり輸送船とは言いながら、実態は移動倉庫なのである。

惑星レア以外には、外惑星バラゴンの観測施設を除いて宇宙基地さえないセラエノ星系では、星系内の移動頻度は決して高くはないのだ。

だがSR84がすべてを変えた。セラエノ星系とアイレム星系が連星であることで、パラメーター設定さえ適切なら、星系内しかワープできない宇宙船でも両者を行き来できることが明らかになったのだ。

このことはケルンやランクスが二つの星系の移動に活用できることを意味した。

そこで実際にケルンでアイレム星系にワープ可能かどうか、そのための準備が行われているのだった。そしてマネジメント・コンビナートに参加していた狼群妖虎工作部長も、この実験準備のために直接指揮にあたっていた。それは彼女に野心的な計画があったためだ。

「ワープ機関の製造……本気ですか、部長」

妖虎の構想を聞かされた松下の反応は予想通りのものだった。セラエノ星系の技術と資源でワープ宇宙船を製造する。それはかつて松下と議論した時、妖虎はセラエノ星系の技術力では不可能と主張していたからだ。だから松下が彼女の提案に驚いても不思議はない。

「本気よ。アイレム星系との交通が恒星間宇宙船ではなく星系内を移動するだけの内航船で可能なら、それを製造することで二つの星系の交通は飛躍的に増大できる。母星から切り離された二つの孤立社会が生き残るためには、互いとの共存しかないはずよ。そのためには少なくない数の宇宙船が必要となる。手持ちのワープ宇宙船の温存では遅かれ早かれ二つの星系は移動手段を失う。

仮に、不幸にも二つの文明は共存が不可能であったとしても、その時は没交渉を選択すればいい。イビスも人類も星系の資源を使い切るには人口が過少なんだから。互いに脅威にはならない」

マネジメント・コンビナートでのやり取りの中で、妖虎はそうした考えをイビスに対して抱くようになっていた。高度な文明を持つ異星人だから人類の問題について解決策を知っているはず、そこまで話は単純ではないだろう。

しかし、津軽が持ち帰ったイビス製のミューオン製造機は、人類とはまた違った加工技術の存在を予想させた。このことはセラエノ星系で文明を維持する問題にとって朗報といってよいだろう。

だからこそそのワープ機関の製造構想なのだが、松下は誰よりもワープ機関に精通しているからこそ、妖虎の意見に懐疑的だった。

「釈迦に説法なのは百も承知ですが、ワープ機関製造の隘路《あいろ》となるのは、ワープ場を維持するための、極限環境でも作動する制御装置の問題です。それを可能とする高性能半導体は地球圏でしか製造できない。それを独占することが、地球圏が植民星系を支配する力の根源となっているからです。

それでも過去二世紀近い歴史の中で多くの植民星系がこの問題に挑戦し、挫折を味わってきました。それなのにセラエノ星系でそれが可能というのはなぜでしょう？　まさかイビスの技術力を頼るお考えですか？」

松下の意見は妖虎が予想した通りだった。それこそ健全な常識だ。しかし、このセラエノ星系では常識は通用しないことに妖虎は気がついていた。

「紗理奈の意見は正しい。しかし、一つ見落としがある。地球圏が独占しているのは、恒星間航行可能なワープ宇宙船の制御装置。だが我々は星系内をワープできる宇宙船を建造できればそれでいい。ボイドという特殊環境だからこそ、内航船で恒星間を移動できる。そして内航船なら、セラエノ星系の技術と資源で建造できる可能性がある」

それでも松下は、すぐには納得できないようだった。

「しかし、植民星系で内航船の建造をしている事例はなかったと思います。それはやはり技術的に困難だからでは？」

「確かに技術的に簡単な話じゃない。ただ主たる理由は経済的なものよ。植民星系があえて内航船を建造しても、建造費が割高になりすぎて運用しても採算など取れない。それに植民星系が独自のワープ宇宙船を建造しようとする動きには、地球圏がすぐに介入して頓挫させられる。

だから内航船を自力で建造したという事例はない。しかし視点を変えるなら、地球圏は内航船なら建造可能と考えていたから、そうした動きを止めようとしたのよ」

松下は妖虎の話について、技術的可能性を考えているように見えた。だから妖虎は事実関係を積み上げてゆく。

「まず単純な事実がある。ほとんどの星系において惑星の大半が恒星から一〇天文単位の領域に収まり、星系人口の九〇パーセント以上が五天文単位の空間に居住している。だから内航船の一回のワープ距離は、我々のケルンもそうだけど五天文単位以下に過ぎない。それ以上の遠距離ならワープを繰り返すことになるけど、ほとんどのミッションは多くても二回から三回のワープで完結する。

ところで、紗理奈、一光年は何天文単位？」

「概《おお》ね六万三二四一天文単位です……なるほど、恒星間宇宙船は内航船の数万から十数万倍の距離をワープするから、同じワープ宇宙船でも両者は同列に語ることはできないと」

「そういうこと。もちろんコンポーネントの多くは恒星間宇宙船と内航船でそこまで大きな違いはない。しかし、ワープ航法の鍵を握るのがワープ機関の制御機構の航行精度なら、内航船に求められる精度は高くない。

恒星間宇宙船では一パーセントの誤差は、それだけで数光年になることさえある。辺境の植民星系の中には、セラエノ星系のように一〇〇〇光年以上地球圏から離れているらしいところもあるわけだから。

しかし、星系内の数天文単位レベルのワープなら、一パーセント程度の誤差も許容範囲に収まる。もちろん危険はないわけではないけど、そうした誤差は運用面で対処可能でしょう。どう？」

松下は妖虎の話を自分の中で整理しているように思えた。

「半導体の製造プラントはすでに軌道ドックで建設が進んでいます。部長は制御機構の専門家ですよね、制御装置の設計はできます？」

「原理も構造も基本的に公開されている。地球圏が独占しているのは、ワープ主機内の極限状態で時空の変動に追躡《ついじょう》できる高速半導体の製造方法。だけど最初から星系内と割り切れば、制御装置に要求される性能は劇的に下げられる。

とはいえ、セラエノ星系の技術の粋を投入する必要はあるでしょう」

「ざっと部長の見積もりでは、制御装置の大きさは？」

松下はすでに自分なりの設計を考えているらしい。

「作りやすさを考えれば、通常の容積比で一〇倍くらいかな。大きい方が制御機構の集積回路も自前の技術で製造できるから。それでも歩留《ぶど》まりは良くないでしょうね。使えるのは二割ってところ。基本構造は教科書通り。信頼性を最優先してオーソドックスな構造にする……ってところかな」

「こんな感じですか？」

松下はいつの間にか内航船のスケッチを作り上げていた。妖虎は漠然とケルンのような既存の内航船をイメージしていたが、松下の設計は違っていた。ワープ機関のコンポーネントが恒星間宇宙船並みに巨大で、宇宙船にワープ機関を載せるのではなく、巨大なワープ機関の中に居住区や貨物室を押し込めたような構造であった。

その形状を妖虎が知っているもので喩えるなら、大昔の地球でスポーツに使われていたラグビーボールだろう。ワープ機関を大きくすることで、構造部材を太くして強度を確保するとともに、工作しやすい構造にしたようだ。また安定したワープ場の空間を大きく確保することで、ワープ機関の中に居住区などを収めることを可能としていた。

黎明期のワープ宇宙船が同じようなコンセプトで設計されていたが、無骨な粒子加速器の中に椅子を並べているような、宇宙船とは言い難いデザインであった。それから考えれば、ラグビーボール型にまとめられたというのは、進歩がないと言われながらもさまざまな改良が蓄積された結果だろう。

妖虎の話を聞きながら、さっさとこれをまとめ上げた松下の力量はやはり半端ではない。

「そうね、我々が建造するとしたら、こういうデザインにするのが妥当でしょうね」

「ですけど、どうやって建造します？」

松下はすでに、アイレム星系に向かう内航船の建造を現実的課題と考えていた。

「それは何隻建造するかで方法は異なる。一隻、二隻なら明石で建造できるけど、五隻、一〇隻となれば、専用施設を建造する必要がある。宇宙港を造船施設に改造するか、別に施設を作るかは考えないといけないけど、定期的な運用を始めたら、修理や整備の施設がなければ維持できない」

そこで松下は意外なことを提案する。

「内航船の図面を送ったら、イビスはそれを建造できないでしょうか？　我々はセラエノ星系から宇宙船を飛ばしてアイレム星系に移動し、帰還しています。しかし、アイレム星系からセラエノ星系に移動したことはありません。

もしもイビスの宇宙船でそれが可能であれば、ボイドという環境で、ワープのパラメーターがどのような値を取るのか、比較することができます。椎名のギラン・ビーがイビスのワープ装置の干渉でニアミスと類似の現象に見舞われたことを考えると、イビスのワープ技術も人類のそれと大枠で変わらないはずです」

「イビスに建造させるか……」

むろんそれには幾つものハードルがあるのは妖虎にも分かったが、一方で椎名の帰還に関して、イビスにミューオン製造機を製作させた成功事例もある。基本的な方法論はそれが踏襲できるだろう。すでにバシキールに二名の駐在員を送ることも決まっており、アイレムステーションのサポートもあるから、実務作業の時間はかかるが何とか対応できるはずだ。

それに共同で内航船を建造するというプロジェクトは、イビスとの相互交流を図る上で、得られるものが大きいだろう。実際問題として、イビス社会に二人ばかりの人間を送っただけでは、膨大な歴史と様々な文化を持ったイビスについて理解するのは不可能だろう。イビスを知るにしてもどこから手をつければよいかわからない。

椎名はこの点では大きな仕事を成し遂げたが、それは彼女が負傷し、イビスが治療する過程で、人体を相互理解のプラットホームとして活用できたためだ。だから椎名とガロウは良好な関係を築くことができたものの、イビスの文化については理解できたことより謎の方が多い。

こうしたことを考えるなら、松下の提案は十分に政府レベルで検討に値するものだろう。ただ妖虎はここで現実に引き戻される。そうした構想が成立するかどうか、すべてはケルンでの実験の成功にかかっている。

「まずは、いまの仕事を成功させることね。ケルンによって内航船設計の基礎データを集めないとね」

一二月二四日・工作艦津軽

「バシキールに持ち込める荷物はこれらになります」

工作艦津軽の客室に夏艦長と熊谷船務長は部屋を与えられていたが、イビスの都市宇宙船バシキールへ駐在するための説明は、工作部長に就任した椎名ラパーナから行われた。イビスの社会で生活経験があるのは彼女だけだから、二人に情報提供するのは当然のことだった。

夏艦長にとって、椎名とこうして話をするのは初めてとは言わないが、あまり記憶にならなかった。共通の知人は多いのだが、二人の関係はその程度のものだ。

この件とは別に津軽の幹部乗員についても異動があったと夏は聞いていた。艦長は解体された軽巡洋艦コルベールの艦長だった座間譲《ざまゆずる》、同じくコルベールの蘇適《スー・シー》が船務長に就いた。しかし、夏と熊谷の相手は工作部長の椎名の仕事だった。これに限らず、津軽の幹部乗員の人事は短期間のうちに二転三転しているらしい。

バシキールに駐在する人選に関して、椎名の続投という意見もあったが、イビスについて知悉《ちしつ》した人材を増やすべきという意見が大勢を占めており、彼女は残っている。それだけでなく、椎名は津軽からアイレムステーションに移動し、夏と熊谷の支援にあたることとなった。だから彼女との関係は、これから重要になるのは確実だった。

「大型のスーツケース一つ分の荷物？」

椎名が二人の前に並べたのは、高さ一メートルほどの金属製のスーツケースだった。しかし、スーツケースのように加工してあるが、よく見ると軍用の小型機材コンテナだった。軍用の深緑ではなく、アイボリーに着色してあった。それが二つ、夏と熊谷の前に並べられている。表面には小さく二人の名前が書かれていた。

「容積の半分は、イビス社会で必要と思われる細々した資材です。主に私の経験から選びました。ただ一番重要なのは、タブレット式の情報端末です。私がバシキールで生活していた時、それがなかったので意思の疎通に苦労しました。図示すれば通じるようなことも多いのですが、タブレットがないために身振り手振りを駆使することになりましたから」

「イビスに筆記用具はないの？」

夏も椎名のレポートには目を通していたが、仮想空間に関するものが中心で、筆記用具についての報告は記憶になかった。

「もちろん筆記用具はありますが、それを理解させるまでが一苦労でした。もちろんいまなら彼らの提供する仮想空間が使えます。しかし、自前の情報表示手段を持っているに越したことはないと考えます」

「確かに、その通りね」

その間に熊谷は自分用のスーツケースを開いていた。軍用コンテナなので扱いには慣れている。そこは容積の半分を資材の詰まったメッシュケースが占めており、他の半分は空いている。

資材は透明な袋ごとに小分けされていた。鉛筆とノートのような原始的な記録手段から、消毒薬や抗生物質のような基礎的な医薬品まで多種多様だ。少量だが塩胡椒《しおこしょう》のような調味料まで入っているのは意外だが、インスタントコーヒーや粉末茶などの嗜好品があるのはありがたい気がした。

「タブレットの搭載はわかるとして、調味料まで持ち込むのはなぜ？　食事が不味《まず》いの？」

「いえ、イビスはレーションを完全に再現することができたので、味に問題はありません。ただ長期間の滞在を前提とした時、相互理解のために調理が必要になるかもしれません。はっきり言って、私がイビスの中で生活した状況は、かなり異常なものでした。ですから、より自然な人間の日常を彼《か》の人らに示すためには、一見すると無駄に思えるような生活用品も持ち込む必要があると判断しました」

「それだとむしろ量が少なくない？」

夏艦長はそう思った。さすがに貨物コンテナで生活用品を運べとは思わないものの、スーツケースの半分というのは、椎名の説明とは矛盾する気がした。

「そう感じられるのはもっともです。ただ人間の日常的な生活の再現は、彼の人たちから見れば未知のことがほとんどです。たとえばコーヒーを飲むようなことも、それが何を意味するのか理解させるのは困難とは言わないまでも、それほど簡単ではありません。

そうしたことの繰り返しが、お二人には常について回ることになります。ですから、この荷物の選択も最善とは程遠い可能性もあります」

椎名の説明はわかったが、夏は別のことが気になった。

「さっきからあなたはイビスを彼の人と呼んでいるけど、なぜ？」

「レポートにも報告しましたけど、イビスの生殖形態は人類とは異なります。人間の観点でイビスの性別を論ずるのは不適切と判断しましたから」

「そうした視点も大事になるのね」

狼群姉妹は椎名を非常に高く評価していた。それでも夏艦長から見れば、現場の下級管理職程度の人物でしかなかった。しかし、その認識が大間違いであることを夏はその時はっきりと実感した。相手の存在を理解した上で、その存在に対する適切な表現を常に意識する。

イビスと人類の関係は、現時点では良好なものに見えているが、それはイビスが最初に遭遇した人類が椎名であったという幸運の賜物《たまもの》なのだ。夏艦長がそんなことを考えていると、スーツケースの資材を調べていた熊谷が尋ねる。

「資材の意味についてはわかったが、それなのに容積の半分なわけは？」

「残り半分はお二人の私物を収納する空間です。誤解がないように説明させていただければ、ケースの半分の余裕があるからといって、すべての空間を埋める必要はありません。私物で埋め尽くしても構いませんし、たとえば愛用のマグカップ一つだけでも構いません。

選択はご自由です。これはあくまでもお二人のメンタル面の安定を意図したもので、日頃から慣れ親しんだものを持ち込むためのものです。もちろん武器や危険物以外は何を私物として持ち込もうと構いません」

「危険物の定義は？　我々の常識がイビスに通用するとは思えんが」

熊谷の意見は夏艦長にももっともなものに思えた。しかし、椎名の説明は別の視点から納得させるものだった。

「イビスが何を危険物と判断するか、それははっきりとは分かりません。私自身、イビスがはっきりと武器とわかるものを所持したり使用しているところを見たことがありません。しかし、イビスの医療ロボットは身体を切開する能力を持っていました。

しかし、医療ロボットは人命を失わせる能力はあるにせよ、それを危険物とは人間の常識では判断しません。ただイビスの認識は確認できていません。

ですから、危険物の認識を相互に確認する意味でも、常識の範囲内で私物を持ち込んでいただきたいわけです。イビスは刃渡りの長いナイフでも危険物とは認識しないかもしれませんが、爪切りでさえも武器と見做《みな》すかもしれません」

「それは危険物の定義というよりも、イビスの危険に関する認識を知るためなの？」

夏艦長は、椎名の説明をそう解釈した。

「そのように解釈していただいて構いません。互いに何を危険と認知するのか、その相互理解の上に人類とイビスの良好な関係が成立するわけですから」

椎名の説明に、夏艦長は自分がイビス社会に駐在することの意味を改めて考えていた。むろんここで辞退するつもりはなかったが、思った以上にこの任務が困難であることは間違いないようだ。

現時点ではいわゆる外交交渉の類《たぐい》はないと考えてよいだろう。できるのは日常生活を続け、相互の種や文化の違いを認識するところにある。それが成立しないと、外交交渉など不可能だ。

一方で、日常生活レベルの相互理解で齟齬《そご》が生じた場合、その修正には多大な手間がかかるだろうという予感はあった。要するに自分たちは後に続くものたちのために、大地に基礎を作るようなものだ。作られた基礎が水平であれば、レンガをいくら積み上げても不安はない。しかし、基礎がわずかでも傾いていれば、積み上げたレンガが崩れることで、建物そのものが崩壊しかねないのだ。

「どうやらかなり難しい生活になりそうね」

それが夏艦長の率直な感想だった。

「だからお二人に依頼したのだと聞いています」
椎名は自然にそう返してきた。

夏艦長と熊谷船務長は青鳳との間を往復し、最終調整を終えると工作艦津軽に乗り込み、同艦はその日のうちにアイレム星系へとワープした。予定通りの時間と場所にワープアウトした津軽は、そのままアイレムステーションにドッキングし、夏と熊谷の他に若干の支援要員もステーションに移動した。

人員が移動すると、津軽は一度、ステーションから分離してドッキングポートを取り外し、艦内に収容してあった新しいドッキングポートを取り付けた。上がステーション本体、下が宇宙船とのドッキング用の結合部があるのは同じであったが、容積は拡大され、上下だけでなく前後左右に四つの拡張用の結合装置があった。

だから新しいドッキングポートを中心に、四方向に拡張モジュールを連結させることが可能となる。

夏艦長もアイレムステーションの拡張計画は知らされていたが、最初に説明された小さな宇宙ステーションと現在の姿はまったく違っている。それも計画的に拡張したというものではなく、必要に応じて継ぎ足したという印象を受けた。

ただセラエノ星系の生産力では、規格化された円筒形の居住モジュールを連結するより方法がなく、それで短期間に必要な容積の宇宙施設を建設しようとすれば、継ぎ足しを繰り返すよりないのだろう。

アイレムステーションが最初に展開されてから、まだ二ヶ月程度でしかなく、その間に事態は急激に進んでいる。計画的な拡張計画など、そもそも無理なのだ。

「お二人を迎えにイビスから宇宙船が現れる予定です。ただアイレムステーションと直接のドッキングはできません。ギラン・ビーとのドッキングは可能なので、それを介しての移動となります」

アイレムステーションの指揮官である西園寺が二人に移動の詳細を説明する。全体の手順は夏艦長も説明は受けていたが、イビスの動き次第で変更は避けられないため、最終確認として西園寺が説明するらしい。

もちろんアイレムステーション内のエージェントシステムからも情報は入手可能だが、西園寺は指揮官の責任として直《じか》に説明するようだ。

「現段階では、最初の計画に変更はありません。予定通りにイビスから迎えの宇宙船が来るはずです」

「あの円筒形の？」

夏艦長が知らされているイビスの宇宙船はトルカーチという名前で、直径二〇メートル、全長六五メートルの円筒形のものだった。船首部にはギラン・ビーとドッキングするためのポートがあり、反対側には推進装置らしいスラスターがある。

ただ宇宙船の推進装置や内部構造についてははっきりしていない。ドッキングポートだけはギラン・ビーと同じ構造で、この部分だけはイビス側も詳細な構造図を送ってきた。確かに寸法や電源電圧が違うというような些細なミスでドッキングができないという事態は、人類もイビスも避けたいだろう。

しかし、ドッキングポートから先については、そこに直径二メートル、全長一〇メートルほどの空間があり、適切な温度と湿度の空気で満たされている以上の情報がない。たとえばトルカーチにはイビスが何人乗っているのか？　そこがはっきりしなかった。

イビスの数くらいは正確に伝えられそうなものだが、西園寺によると乗員数の質問について、イビス側にこちらの意図が正確に伝わっていない可能性があるらしい。

「そんな難しい話なんですか？　いくらイビスの生殖や家族が人類と違っているとしても、一体のイビスは一人としか数えられないと思いますけど？」

熊谷船務長の疑問はまさに夏艦長の疑問であった。正直、この程度のことが通じないとなれば交渉などは先のまた先だ。

「熊谷さん、いまアイレムステーションに何人の人間がいるかご存じですか？」

「三〇人のスタッフにさらに増援一八人……あぁ、そういうことですか。所属や立場という社会的分類か、それとも生物学的な人なのか、定義により人の数も変わる」

「お分かりいただけたようですね。純粋にステーション職員は三〇プラス一八で四八名ですが、内部の人間となればお二人を含めて五〇人となる。

さらに職員の意味がステーションで働く人間なのか、政府職員なのか、政府と契約を結んだ個人なのか、これにしても待遇や身分保証としては違いがある。

予想されることですが、イビス社会にも職域や階級の違いがあるようです。このため職員という言葉をどう解釈すべきかのコンセンサスができていない。とりあえずこの件は保留にしています。一つ確かなのはトルカーチは無人ではないことくらいです。容積から推測できる個体数も一体から十数体まで幅があります」

「イビスは細菌感染を恐れて最少人数にしている可能性は？」

夏艦長の質問に対して、西園寺ははっきりと否定的な意見を述べた。

「現時点でイビスは人類の微生物感染をそこまで深刻に考えてはいないようです。椎名さんとの接触で得た知見でしょう。ギラン・ビーを介しての移動は、トルカーチがステーションに接近しすぎて事故が起こるのを避けるためと説明されています。

万が一にも衝突が起きた場合、ステーションの損壊に伴う人類の救護活動は彼らにも難しい。不確定要素の大きいステーションに接近するくらいなら、構造を熟知しているギラン・ビーを仲介に使った方が安全とガロウは説明しています」

「そういう問題は相互に了解が成り立っているわけ?」

「少なからず推測は含んでいます。ガロウはトルカーチがステーションに衝突する映像を送って来た。そしてそれを否定する記号も続いて届きました。そこで我々がギラン・ビーを仲介する方法を映像として提案すると、それに対して合意するという記号が返信として届いたわけです。

人類とイビスの間の意思の疎通に関しては、凹凸というか、深いレベルで可能な分野と、基礎的な話なのに了解が成立していないものもあります」

「たとえば性別のような?」

「はい、そういうレベルの話です」

夏艦長はその話に何が期待されているのかが見えてきた。自分たちの仕事は、おそらく何かの協定を結ぶというところにはなく、凹凸を均《なら》すところにあるのではないか? そんな気がした。

予定時間の三〇分前に夏艦長と熊谷はギラン・ビーに移動した。操縦者は、明石から津軽に異動したロス・アレンというEVA（船外作業）の専門家だという。工作艦津軽はすでに作業を終えてセラエノ星系に帰還したが、一番のベテランはここでトルカーチとの邂逅に従事するようだ。

津軽の帰還理由は、セラエノ星系で積み残した作業など幾つかあるらしい。アイレムステーションにしても、まだまだ改築・増築がなされるのは間違いなく、そのための準備に戻らねばならないらしい。

またセラエノ星系との情報伝達手段が宇宙船の移動しかないため、二つの星系を頻繁に行き来することは重要だった。

「艦長……」

「船務長、ここから先は私をクバンと呼んで、あなたのことは俊明と呼ぶから。役職で呼ぶのはたぶんイビスを混乱させるだけでしょう」

熊谷は俊明などと呼ばれたことに戸惑ったが、それ以上に艦長をクバンと呼ぶことに躊《ため》躇《ら》いがあるようだった。しかし、命令と解釈したのか、先ほどの話を続ける。

「クバン、今更ですが、手土産は必要なかったんでしょうかね、ガロウなりイビスに？」

「俊明、そんなことは相互理解がもっと深まってから心配すればいい」

そうしてギラン・ビーはステーションとの連結を解き、ゆっくりと離れてゆく。そうして邂逅五分前にトルカーチは現れた。アイレムステーションとの距離は二五キロほど離れているようだ。

「トルカーチを確認！」

ロスの報告と同時に、夏の視界内に、ギラン・ビー搭載カメラの視点によるトルカーチの姿が見えた。全体に薄い青色の円筒で、先端部にはギラン・ビーとドッキングするための構造物が認められる。ロスはさらに状況を伝えてくる。

「トルカーチから制御信号を受信しました。これからドッキングシーケンスはトルカーチの制御下に入ります。問題はないはずですが、船体に損傷が生じた場合に備え、レスキューボールの位置は再度確認してください」

夏も熊谷も無重力状態の中で、壁の手すりを摑んでいたが、その近くには緊急時に身体を収容するレスキューボールのキットが用意されていた。ボールという名前は大昔に球体だった名残で、現在では手足が伸ばせる人型の与圧袋になっている。こちらの方が球体と違って秒単位で装着できるからだ。

しかし、ギラン・ビーはトルカーチの制御下でも安定した飛行を続けている。イビスはかなりギラン・ビーを研究したらしい。あるいは自分たちの研究成果を確認したいがために、トルカーチとギラン・ビーをドッキングさせるのか？　夏はそんなことをふと思った。

　そして微かな衝撃が船体に伝わった。

「ドッキング成功です！」

　ロスが報告する。

「向こう側との気圧調整などが完了したらハッチは開放されます。そうなれば移動してください」

「嫌だと言ったら？」

「艦長、この期《ご》に及んでそんな冗談はやめてください」

　ロスは真剣な表情で抗議する。

「ごめん」

　そしてドッキング装置で金属的な音がした。

「ハッチ開放です」

　二つの宇宙船はこうして一体化した。

3　輸送船ケルン

一二月二五日・宇宙船トルカーチ

ギラン・ビーのハッチが開くと同時に、夏艦長の視界にトルカーチの中に入ろうとしている自分たちの情景が見えた。どうやら夏と熊谷のエージェントがイビス側のネットワークに接続したことで、トルカーチ側の視点でも物が見えるようになったらしい。ギラン・ビーのハッチが開いており、手を振った自分が見えたことで、映像がリアルタイムであることも確認できた。

自分たちの現在位置では死角になっているトルカーチ内部の空間は直径二メートル、奥行き一〇メートルの円筒形で、壁には手すりらしいパイプが向かい合わせに二本走っていた。空間内にあるのはそれだけで、照明は二本の手すりが発光することで確保されていた。

夏が期待していたのは、ガロウか、その仲間が迎えに現れることだったが、そうした存在はいなかった。

エージェントの映像は、この後で二人がどのように行動すべきかを仮想空間の中で示していた。それによると、夏と熊谷と思われる人のモデルが荷物を持ってトルカーチの内部に入ってきた。どうやらスーツケースの大きさについては事前に了解ができていたようで、映像の中のものも同じ大きさだった。

驚いたのは、手すりしかないと思っていたトルカーチだったが、荷物をハッチの両脇に置くと、そこから網状の器具が現れ固定されたことだった。つまり夏たちも乗り込んだら同じ場所に荷物を置けということだ。

映像はそれで終わり、視界はエージェントを介さない現実のものとなる。そこで夏がハッチを潜るより先に熊谷が入った。万が一の時には指揮官の盾になるという軍人教育の現れだろう。むろんハッチを潜っても何も起こらない。

夏がハッチを潜ると、自動的にそれは閉鎖された。

「トルカーチは地下に向かいます」

椎名の声でそんな説明が入る。どうして椎名が？　と思ったが、イビスたちは人類の音声サンプルを椎名の声から得ているためだと気がついた。サンプルが一名だけなら、こうなっても仕方はないだろう。ハッチが閉鎖されると同時に、ドッキングが解除される音がした。ギラン・ビーは予定通りにトルカーチから離れているようだ。

「ここからトルカーチはどう動くんでしょうね、クバン？」

「おそらくアイレムステーションからは距離を取るでしょうね、俊明」

二人はやや不自然な言葉を交わす。役職で呼び合うなら条件反射でもできるが、本名を呼び合うというのは意外な気恥ずかしさがある。

しかし、言葉を交わした瞬間、壁が消えて宇宙空間になる。むろん壁の手応えはあるので、それは外部空間の情景を投影したものだろう。トルカーチとアイレムステーションの距離は推定で五〇〇〇メートルほどと思われた。思ったほど動いてはいないようだ。

「アイレムステーションまでの距離を表示して」

夏はそう声を出して要求する。二人の様子は外部から観察されているはずで、いまの要求の意味が理解できたなら、何らかの反応があるとの判断だ。それは当たっていたようで、赤い文字でメートル法に換算した距離が現れる。整数のみで小数点は表示されていないが、この状況でセンチ単位の表示には確かに意味はないだろう。

いまは五一七三メートルの距離があり、それは着実に広がっている。一〇キロを超え、さらに広がってゆく。

「もしかすると、二五〇九〇メートルで何かアクションがあるかもしれないわね」

「ずいぶんと中途半端ですが、どうしてです、クバン？」

「俊明、イビスの一メートルは人類の一・二一メートルに相当する。そしてイビスは一二進法を採用している。一・二一掛ける一二の三乗で二〇九〇メートルだけど、それは超えている。イビスもまた切りの良い数字で物事を進めるなら、一二の四乗で二五〇九〇メートルが、イビスにとっての一〇キロに相当する。ワープの安全距離としては過不足ないでしょう」

「そういえばトルカーチがワープアウトした時も二五キロほど離れてましたが、そういう意味なのか……」

夏と熊谷が数字に着目していると、それはついに二五〇〇〇メートルを超えた。すると椎名の声で「アルタモを作動させます」とアナウンスがある。すでに数字は二五〇八〇を超えており、それが二五〇九〇になった時、室内大気の圧縮と膨張が瞬時に入れ替わったような衝撃を夏は全身に感じた。

気がついた時、壁に投影される外の景色は宇宙空間ではなく、椎名が言っていた地下格納庫らしい巨大な空間だった。瞬時に惑星軌道から移動したらしい。トルカーチは格納庫の床に置かれているようで、壁には直径で一〇〇メートル以上はありそうなリング状の構造物が並んでいる。

しかし一番目を惹くのは、地下格納庫の容積の半分は占領しているとしか思えない巨大な構造物だ。これが都市宇宙船バシキールだろう。椎名の証言では、全長で八〇〇メートル以上、最大幅で三〇〇メートルはあり、高さも数百メートルあるらしい。

それが収まる地下空間もさることながら、周囲に比較するものがないために大きさの感覚がわからない。

夏は士官学校時代の船外作業訓練を思い出す。それは宇宙船から小惑星に宇宙服のスラスターで移動するという過酷なものだった。ともかく宇宙服の計測器を一切使わずに、感覚だけを頼りに小惑星に降り立てというのだ。あの頃は教官の言うように、移動に失敗すれば宇宙の迷子になると信じていたのだ。

いま思えば十分な安全は確保されており、過酷な訓練ではなかった。本当に危険なほど進路がずれたら、宇宙服のＡＩが適切な補正をかけるようになっていたからだ。宇宙軍大佐となり候補生たちに出題する側にまわってからは、あの訓練の重要性はまさに人間の感覚が宇宙では頼りにならないと実感させることだとわかる。

訓練の目的通り、忘れられないのは小惑星までの距離感がまったく摑めないことだった。

小惑星の大きさだけは知らされていたが、大気のないコントラストがはっきりしている姿は、距離感を測る手がかりがなかった。

いまでも覚えているが、小惑星そのものは差し渡しで八キロあった。しかし、遠距離では少しも大きさは変わらず、逆に近距離では急激に大きくなったので、パニックになりかけた。それでも小惑星にうまく接触（お世辞にも着陸とは言い難い）ができたのは、数百キロ移動する中で摑めなかった距離感が、地面までの五〇メートルほどでやっと把握できたためだ。同じ訓練を受けた他の仲間も同様だったが、夏にとって宇宙空間での五感の無力さを痛感した体験だった。

いま格納庫で見るバシキールの姿がまさにそれだった。正直、自分が指揮する青鳳でさえ、時として距離感を失いかけることがある。その一〇倍以上の容積を持つバシキールならなおさらだろう。

しかし、夏はここでやっと大きさを比較できるものを発見した。バシキールの下に赤い点がある。赤ストラップと赤エプロンをつけたイビスが三名いる。横一列で同じ歩調で歩いてくる。

椎名の証言によると、赤ストラップで赤エプロンだけが、母親になれるだけでなく社会的にも高い立場にいるという。おそらくあの三名がイビス側で人類に対応する代表なのだろう。

イビスの姿は夏も映像などで知らないではなかったし、いま見ているのが壁に投影された映像なののもわかる。それでもやはり、生まれて初めて目にする異星の知性体の存在に、彼女は怯えと不気味さを覚えた。

植民星系の中には体長二メートルを超える鳥のような動物がいる惑星もある。夏自身もそうした動物に触ったことさえあった。

しかし、イビスから受ける印象は、そんな鳥型動物のそれとはまったく違う。

「あの三人の誰かがガロウなんでしょうか？」

「たぶん、ここまでのかかわりからすれば、そのはずよね」

三名のイビスを確認したことで、夏はバシキールの巨大さをやっと咀嚼《そしゃく》できた。ちょっとした山岳ほどの大きさがあるのだ。

そうした中で三名のイビスの中の一名が手を上げた。それと同時にトルカーチの中から声がする。

「手を挙げているのがエッ・ガロウである。人類から見てガロウの右がエッ・セベク、左がヒカ・ビスルである」

「バシキールに常駐する人類として派遣された、夏クバンおよび熊谷俊明である」

夏はそう応じたが、別にガロウに引きずられて「である」で終わる必要はなかったと、言ってから気がついた。

エッ・セベクについては椎名の証言にあった。イビスの委員会で「自分は議長ではない」と述べてはいたが、それでも重要な立場にいるらしい人物だ。エッを名乗っていることから、ガロウと何らかの関係があるらしいというのが彼女の分析だった。

彼《か》の人らから見て異星人である椎名との折衝を担当している点で、エッとは外交官グループではないかとの印象を椎名は抱いていたが、エッ・ガロウとエッ・セベクの登場はその判断が妥当なものであると夏に思わせた。

問題はヒカ・ビスルの存在だった。椎名によればガロウの家族とは別に、ヒカとスミの家族とも彼女は生活するようになっていた。ヒカの家族にも赤ストラップと赤エプロンの個体がいて、それがヒカ・ナヨと名乗っていた。

ただ椎名の観察では、家族の中で母親となれるヒカ・ナヨとスミ・ヨナでさえも、エッ・ガロウの前では格下の扱いであったらしい。

一方、ヒカ・ビスルはエッ・ガロウなどと同格であるようだ。こういう表現が適切かどうかはわからないが、ヒカ・ビスルはヒカ一族の中でガロウと肩を並べる高官なのかもしれない。

「夏クバンと熊谷俊明は荷物を置いてこちらに来てもらいたい。荷物はトルカーチの乗員が運ぶであろう」

姿は見えなかったが、トルカーチには乗員がいたようだ。AIによる翻訳のためか、いささか不自然な言い回しはあるが、内容は理解できた。

夏は荷物をそのままにして、熊谷と共にトルカーチの外に出ることにする。ドッキングハッチを抜けると、地面までは一〇メートル近い高さがあるはずだったが、いつの間にか金属製のスロープができていた。

トルカーチの内部に収納されていたのではなく、外から運ばれてきたらしい。手すりもあり、傾斜も緩やかだった。改めて振り返ると、トルカーチは小さなビルほどの大きさがあることを実感できた。やはり人間に直感的な大きさが判断できるのはこの程度なのか。

驚いたことに夏と熊谷が床に降り立った頃には、ガロウたち三名は一〇メートルほど手前まで来ていた。よく見れば三名は歩いていたのではなく、五メートル四方の移動する板の上に乗っていたようだ。自動車の類《たぐい》よりこちらの方が便利なのか、その辺はわからない。

「惑星バスラ在住のイビスを代表して、お二人を人類の交渉窓口として歓迎する」

ガロウはそう言って、夏と熊谷を自分たちが乗ってきた板の上に招いた。色々な点で人間とはやり方が違っているが、歓迎されているのは理解できた。それもこれも椎名がガロウとの間に良好な交流基盤を築いてくれたためだろう。

夏と熊谷が板の上に立つと、それは緩やかな加速で動き出す。

「やはり距離感が摑めないな」

目の前に立ちはだかるバシキールの威容に、夏はそう思った。果たして自分たちは、イビスに対しても適切な距離感を摑めるだろうか。それが彼女には不安だった。

一二月二六日・輸送船ケルン

「こういう時は歴史的に軍艦、軍艦、沈没というの」

狼群妖虎は松下紗理奈にそう言ったが、松下は明らかに不審そうな表情をしていた。輸送船ケルンのブリッジにいる一〇名ほどの乗員たちも、二人のやりとりに興味津々だった。

「普通にジャンケンじゃ駄目なんですか？」

「普通ではない特別な航行となる。そういう時には然るべき儀式が行われるのだ。そもそも紗理奈が私の命令に従わないからこうなる」

「副部長は部長の命令に疑義を唱える権利があると思いますけど」

「同様に部長には儀式を行う権利がある。しかも、儀式を執り行うには然るべき合理的な理由がある。セラエノ星系でもっともワープ工学に精通しているだろう三人の人間の中で、危険を伴う実験にそのうちの二人が同行するというのはリスクが高すぎる。

実験の検証に一人は博士号を持った専門家が必要だが、二人はいらない。というより一人に収めなければならない。リスクを負うのは一人で十分という点だけは、我々の間に合意が成立している。そうであれば、部長の私か、副部長の紗理奈のどちらかがケルンを降りることになる。

あなたが私の命令に従わないなら、儀式により降りるべき人間を決めることになる」

「……わかりました、明石に残れという部長の命令に従います」

「いいの？」

「変な儀式をするよりマシです！」

適切なパラメーターの設定で、一つの連星系内の移動としてセラエノ星系からアイレム星系に内航船でワープできるかもしれない。Ｅ２によるワープ航路開拓実験でこうした可能性が明らかになると、狼群商会の内航船である輸送船ケルンによるワープ実験の準備が進められた。

宇宙船の準備そのものはさほど困難ではなかった。基本的に荷物を移動し、ＡＩシステムの能力を増強し、機関部を中心に入念な整備をする程度で済んだ。

ハードウエアとしての宇宙船ケルンの準備は完了したが、問題は誰を乗せるのか？　だった。Ｅ２ならまだしも、ケルンのような宇宙船では乗員がいなければワープはできない。

一方で、ケルンの船長は劉微子《りゅうびし》、船務長は竹之内《たけのうち》ザラで、この他に機関長のチュオン・チンがいる。幹部はこの三人だけだ。竹之内は非常時には船長の職につくこともできたし、狼群商会では経理部の幹部でもある。なのでケルンの実力者は船長ではなく船務長だった。

これは、セラエノ星系における内航船の仕事の多くが移動倉庫であったことによる。宇宙船を動かすよりも、物品管理の方が重要だったのだ。

だからケルンで科学調査を行うには、船内の陣容は必ずしも最適ではなかった。なので明石から人員を派遣しなければならなかったが、万が一にもケルンが宇宙で迷子になったら、ワープ関連の実験スタッフもいなくなってしまう可能性があった。

これに対して解決策を導いたのはマネジメント・コンビナートでの議論だった。これは主に津軽の乗員が中心となっての議論だったが、「内航船であれば、船内のＡＩシステムとは別系統のロボットシステムを作り上げれば無人での実験が可能だ」というものだった。

ロボットは、宇宙ステーションなどで船外作業に用いられる汎用的なものが五台もあれば十分だという。

内航船といえども有人ワープ宇宙船に変わりはなく、運用の柔軟性を確保するならAIより人間を乗せたほうが合理的なのは間違いない。しかし、星系内の特定の二点間を移動するなら、完全な無人も可能ということである。

ケルン内部のロボットの設定も、船外作業ではなく居住区に設置するだけなら数時間で完了した。こうして早くも二五日のうちに無人のワープ実験は行われた。そしてケルンによるアイレム星系へのワープ航法は成功した。

アイレムステーションからの電波信号は傍受できたし、天体の写真も間違いなくアイレム星系のそれであった。ただケルンそのものはステーションにも通信を送っていない。十分な説明なしでは状況を混乱させると考えたためだ。

このように確かにワープは成功したものの、理論値よりもワープアウトの位置と時間に秒単位の誤差は認められた。内航船としては大きな数字である。理由は不明だが、ボイドに存在する連星系という特殊な環境のためではないかと、狼群妖虎や松下紗理奈は考えていた。

ただそれも憶測に過ぎない。またドルドラ星系にワープしたE1が明らかに従来にない時間の移動をしたことや、E2が同じパラメーターでドルドラ星系に到達できなかったなど、説明不能の出来事も起きていた。

こうした無人航行による十分な検証を行なった上でのケルンの有人実験には、否応なく危険を覚悟しなければならなかったのである。

「計画を確認する。アイレム星系に到達後は、ステーションと交信して、その情報を入手する。その終了後にセラエノ星系に帰還する。この時の情報については後日ワープする津軽と比較し、情報伝達誤差の有無を確認することになる」

狼群妖虎はケルンの劉船長や乗員だけでなく、工作艦明石の関係者にも伝達する。万が一のことが起きた時に、事故分析を行う材料を最大限に残すためだ。

最初の有人航行実験となるが、内部で機関の状況を解析する人間と、万が一の事態が起きた場合に解析する人間が必要だ。前者は妖虎でも問題ないが、後者については松下の方が優れていると彼女は考えていた。だから松下を乗船させるわけにはいかない。ただそれを正面から言ったところで松下は受け入れないに決まっている。だから彼女が呆れるような儀式を持ち出したのだ。

茶番といえば茶番だが、紗理奈の方も茶番とわかった上で妖虎に付き合ってくれたのかもしれない。そんな気もする。

ケルンに乗っているのは妖虎の他には船長、船務長、機関長の幹部三人と、船務長と機関長それぞれの部下二名の計八名だった。無人実験に使ったロボットシステムもそのままで、乗員に何かあったとしても、それらを活用することができた。

「それでは五分後にワープを実行する」

それはケルンの乗員だけでなく、明石の乗員にも告げたものだった。すでにすべての設定は終わっており、もはや人間が介入する余地はない。できるのはワープの中止だけだ。しかし、中止する理由はなかった。

「ワープを開始します」

AIが報告し、そしてすぐに次の報告がある。

「ワープアウトを完了しました」

それは典型的な内航船の運航と同じであった。

「船務長、現在位置を確認!」

ワープアウト後は劉船長の指揮下で全員が動くことになる。

「惑星配置及びアイレムステーションの通信電波を傍受。計画地点より距離にして二万五〇〇〇キロ、時間にしてコンマ五秒の誤差があります」

AIはやはりワープに誤差があることを報告した。それは恒星間航行ならあり得る誤差だが、星系内としてはかなり大きな数値であった。むろんこの程度の誤差なら安全領域を設定するなどの運用面で対処できる。

アイレム星系とセラエノ星系は連星系であり、ボイドの環境では一つの星系として扱えるため、内航船のケルンでワープに成功した。しかし、物理的に五光年離れているという事実は動かし難く、それがこの誤差の大きい原因だろう。

「アイレムステーションまでの距離は?」

「計測時点で、誤差コンマ五パーセントの精度で九〇〇万キロです」

船長の問いかけに竹之内船務長は即答する。この状況でコンマ五パーセントの誤差は許容範囲だろう。ワープ精度の問題を論じるには試行回数を上げていかねばなるまい。

アイレムステーションへの通信が送られ、返信が戻ったのは一〇分後であった。どうやら西園寺指揮官の判断により、ケルンがワープに成功した事実をイビスにも伝えたらしい。ケルンからステーションに送った技術情報は概要レベルのものだったが、それでもイビスとの情報共有を彼は優先したようだ。

ステーションからは、青鳳の夏艦長と熊谷船務長が、トルカーチという宇宙船で惑星バスラの地下に移動した状況のデータも送られてきた。ケルンがこうした情報伝達を円滑に行えたことは、セラエノ星系政府とステーションとの情報伝達の迅速化に大いに寄与すると期待された。

こうして輸送船ケルンは無事にセラエノ星系へと帰還した。その時もまた二万キロ程度の空間座標の誤差とコンマ五秒程度の時間のずれが観測された。

一月二七日・ラゴスタワー

「つまりボイドという特殊環境ゆえに、セラエノ星系とアイレム星系の最適なワープ航法が可能となり、この二つの星系を移動するだけならば、そのための宇宙船建造が我々の資源と技術で可能となる。そう解釈してよいのですね？」

アーシマ首相は、閣僚たちと仮想空間を共有する形の閣議の中で、オブザーバー資格の狼群涼狐の報告を受けた。つまり内航船で恒星間航行が可能であり、その実験にも成功したと。

もっともこの報告に関していえば、情報の流れはいささか複雑だ。狼群涼狐は文部大臣のアランチャ・エブラルにケルンの実験を報告した。ワープ実験に関する情報は、アランチャに集約するためだった。

ここでアランチャ文部大臣は、この問題をマネジメント・コンビナートに提供した。これも最近では自然な流れだった。

ワープ航法の技術的議論を期待しての情報提供だったが、技術論だけにとどまらず、そこから予想される社会的な影響にまで議論は拡大していた。アーシマがケルンの実験を非公式に知ったのは、このマネジメント・コンビナートの議論の中でだった。

その議論は、内航船でアイレム星系に移動でき、なおかつその宇宙船建造が自分たちの技術で可能という事実からすれば必然的なものだった。つまりセラエノ星系内（とは、ほぼ惑星レアということだが）にイビスの大使館を開設することが可能ということだ。

イビスの大使館を惑星レアに設けるということは、かなり早期に起案されていたものの、具体的な検討作業は進んでいなかった。情報があまりにも足りなかったためだ。また移動手段に制約があることからも、実現性に疑問符がついていたのも確かであった。

だが特殊な状況とはいえ、二つの星系を移動できる宇宙船が建造可能となれば、イビスと人類が互いに大使館的な機関を設置するためのハードルは一気に低くなる。それどころか状況によってはイビスと人類の文明間貿易も可能となるだろう。

もちろん二つの知性体の相互交流をどこまで進めるべきなのかは、現時点でははっきりしない。イビスも人類も自分たち以外の知性体と遭遇したことがないのだ。異文明との接触経験のない二つの文明の交流は、否応なく試行錯誤を繰り返すことになるが、それがどちらか一方、あるいは両方の文明にとって命取りにならないという保証もない。

マネジメント・コンビナートの議論はそうした分野にまで及んでいたため、行政機関を巻き込んだものとなり、そこからアーシマ首相の知ることとなったのである。

「明石の工作部は可能であるとの結論に至り、現在そのための試験船の設計にかかっております。ただ、他にも重要案件を抱えているため、優先順位は必ずしも高くありません」

アーシマに状況を報告していたのは狼群妖虎工作部長ではなく、狼群商会社長の狼群涼狐の方だった。本来なら部長の妖虎が説明するのが望ましいが、そんな余裕はないということらしい。アーシマもそれには同意していた。工作機械のマザーマシン開発や半導体製造プラントなど、彼らが抱える重要案件は、セラエノ星系での文明維持を直接左右しかねない。

「明石の工作部が多数の案件を抱えているのは存じていますが、優先順位が低いというのはなぜでしょう？　イビスの存在は我々にとって重要な問題と思いますが。むろん必要ならマネジメント・コンビナートから助力を得ることも可能です」

それに対する涼狐の説明は明快だった。

「宇宙船を設計するにあたっては、宇宙インフラの存在が重要になります。現時点でイビスは人工衛星二機以外に宇宙インフラを持っていません。本格的な交流を行うとなれば、イビスの宇宙ステーションが必要となるでしょうし、それは彼の人らも理解してくれるものと思います。

そうである場合、彼の人らの宇宙インフラと我々の宇宙インフラのすり合わせを行わねば宇宙船の設計はできません。要求仕様がまとまりませんから。もちろん最大公約数的な設計作業は進めておりますが、最終的な図面をまとめ上げるのはまだ先になります。セラエノ星系の技術力で建造できるのはほぼ間違いないとしても、実用的なワープ宇宙船を建造するには、我々の保有する技術のすべてを投入しなければなりません。このため試行錯誤を繰り返す余裕はありません。

表現を変えるなら、宇宙船の詳細設計をまとめる前に、インフラ建設など先にやるべき仕事があるわけです。インフラの能力が、建造できる宇宙船の性能を決めますから」

アーシマは初めて耳にする話であったが、そもそもこのような案件はいままで検討する機会もなかったのだから当然だろう。

実験に用いられた輸送船ケルンがアイレムステーションから持ち帰った資料については、アーシマもまだ概要に目を通しただけだが、イビスとの交流に毎回、トルカーチが現れるのは非効率な気がした。

ただ、イビスが軌道上に恒久的な施設を建設することにメリットを認めるかどうかもわからない。確かに宇宙船の設計が進められないのなら優先順位は下がる。涼狐はさらに続ける。

「マネジメント・コンビナートでも検討が進んでいる問題ですが、イビスが恒久的な宇宙インフラを有用と認めるかどうかは、彼の人らが人類との関係をどれだけ重視するかでも変わってきます。

例えばケルンと姉妹船ランクスによるアイレム星系との定期運航を常態化させ、惑星レアに一定数のイビスを迎え入れることができるようになれば、軌道上での施設建設はメリットのある事業となるはずです」

アーシマは涼狐の提案の意味を考える。ワープ宇宙船には寿命があると聞いたことがある。だから内航船でアイレム星系にワープできるとしても、現行の宇宙船を用いる限り、遅かれ早かれアイレム星系との交通は不能となる。イビスのトルカーチという宇宙船が内航船としてセラエノ星系にワープできるかどうかはわからないが、彼の人らも母星との交通が遮断されているとなれば、状況は自分たちとそれほど変わるまい。

いずれにせよ安定した相互交流を求めるならば、人類とイビスの少なくとも一方が内航船を建造し続けなければならない。

一方でアーシマは、いままで等閑視されていたアイレムステーションの規模拡大についても、一定の指針を立てねばならないことに気がついた。現時点で、イビスの宇宙インフラはセラエノ星系には何一つない。宇宙ステーションはおろか衛星さえ存在しない。

だが人類は惑星バスラの軌道上に宇宙ステーションや探査衛星まで展開している。イビスはこのような状況をどう受け止めているのか？　何とも思っていない、から、非常な脅威を覚えているまで、さまざまな可能性が考えられる。ただ一つ確かなのは、その辺りのイビスの認識についても考慮する必要があるということだ。アイレムステーションはいまも拡張を続けているが、それが人類にとって必要とはいえ、不測の事態を招くようなことは避けねばならない。

「結局のところ、我々はイビスに対する情報の欠如ゆえに幾つかのプロジェクトを前進させられない。そうであるならば、イビスと人類の相互の情報交換をいま以上に進める必要がありますね」

我ながら平凡な結論だとアーシマは思う。しかし、これ以外の選択肢はないだろう。

「それは従来からの方針だが、何か首相には考えがあるのかね？」

その質問は内務大臣のルトノ・ナムジュからのものだった。いま閣内でもっともマネジメント・コンビナートに近い人物が彼だった。行政学の研究者であるため閣内でも一番権力欲が希薄であったことと、地球圏との交通途絶で誰よりも多くの案件を抱えていたからだ。彼の視点ではマネジメント・コンビナートこそ、セラエノ星系の行政の隘路《あいろ》を解決する唯一の手段だった。

「現時点では未知数の部分が多いのは承知の上で、首相としてはイビスとの貿易の実現を検討したい。椎名の報告によればイビスと人類は食料を共有できる可能性が高い。

三次元プリンターの自給自足に目処《めど》が立ったいま、食料自給についても必要資源の生産が可能になったと言えるでしょう。ならばセラエノ星系からイビスに食料を輸出し、イビスから高度技術製品を輸入するという貿易が期待できる。

イビスの総人口は多く見積もっても数十万であるなら、彼の人らの生産力も加味して、我々の食料生産力で二つの星系に十分な量を供給できる。

一方、イビスは、こちらから提供した図面だけでミューオン製造機を完成できるだけの技術力がある。このことは地球圏でしか調達できないと考えてきた機材に関して、イビスから入手する可能性が開ける。

イビスの状況は不明ながら、彼の人らが都市宇宙船という限られた空間でしか生きられず、そのことが人口増の抑制条件となっているならば、我々から供給される資源により彼の人らの総人口も増やすことができる。

つまりセラエノ星系とアイレム星系との貿易を実現することは、二つの文明を衰退させずに維持することにつながるはずです」

アーシマ首相は一気にそこまでを話し切った。

「ずいぶんと楽観的な想定だな」

ルトノ内務大臣は、妙に楽しそうに首相に向かう。

「悲観的材料は山のようにあるんです。楽観的な想定が一つくらい増えてもいいじゃありませんか」

アーシマ首相はそう言うと、吹っ切れた気がした。何をなすべきか、戦略的な枠組みが見えたからだ。そして彼女は、かつての恩師でもある内相に言う。

「それに先生が仰《おっしゃ》ったんですよ。難問山積でも正しい方向性を示せたなら、リーダーの仕事の半分はそれで終わったって」

「君が首相になると知っていたら、半分しか終わっていないと教えるべきだったな」

一二月二七日・工作艦明石

工作艦明石の工作部長である狼群妖虎は、決断を迫られていた。明石から工作部を降ろし、独立した技術開発機関に再編する。それは大胆な改革だが、それを必要とする現実があった。明石の工作部は抱える業務が多くなりすぎたのと、それに伴うマネジメント・コンビナートとの関係の深化により、明石そのものが軌道ドックからほぼ動けない状態が続いていた。

これは、軌道ドックに建設している小惑星からの金属精錬施設(その実態は、プラズマ化した小惑星を磁場により元素ごとに振り分ける粒子加速器であったが)と付随する半導体製造施設の完成が目の前に迫っており、一部では試験運用が始まっていたためだ。

狼群妖虎は工作部長として外部との折衝の機会も多いだけではなく、プロジェクトごとにマネジメント・コンビナートと共同研究をしているスタッフからの報告も受けるなど、多忙を極めていた。

だから明石工作部の実際の差配は副部長の松下紗理奈が行なっていた。地球圏との交通途絶という事態の中で、偶然とはいえ松下がセラエノ星系にいてくれたことを妖虎は何に祈ればいいのかわからなかったが、ともかく心底感謝していた。松下がいなければ自分は過労で倒れていたのは間違いない。

松下に全権を委ねることからもわかるように、妖虎は自分がすべての権限を握るような幹部ではなく、原則的にスタッフに権限と自由裁量を委ね、それに伴う責任は自分が負って彼らを保護することを旨としていた。

この方針による端的な成功例は津軽工作部長となった椎名ラパーナだった。さすがに明石に匹敵するとまではいかないものの、明石が行える船外工作作業の八割は津軽でも行える水準に仕上がっている。

つまり明石が動けない状態でも、宇宙インフラ関連の諸々の工事は津軽にほぼ委ねられるということだ。

ただ内航船でアイレム星系にワープできるという事実が明らかになったSR84以降、E2によるワープ航路の探査実験は止まっていた。地球圏に戻れるパラメーター、あるいはボイドの外に出られる安定したパラメーターの発見よりも、アイレム星系へワープできる宇宙船開発に実験チームが研究の主軸を移したためだ。

工作部が抱えるプロジェクトがここまで多くなれば、明石の工作部という宇宙船の一部門という編成には無理がある。工作部は船外作業などを行う最小限の組織とし、他は船外に独立した技術開発機関として再編する方がよほど現実にあっている。

ただ、組織再編は避けられないとして、問題は残る。部門を任せるリーダーの人選だ。どう考えても自分と松下は、新組織の管理職として移行しなければならない。そうなると新体制の明石工作部の部長を誰にするのかという問題が生じる。能力なら椎名なのだが、彼女はすでに津軽の工作部長だ。そうなると人材候補に適任者がいない。

いっそのことマネジメント・コンビナートから人材を募ろうか？　妖虎は最近そんなことも選択肢の中に含めるようになっていた。

妖虎が仮想空間上で、松下からの会議要請を受けたのはそんな時だった。以前なら直《じか》に話し合えたのだが、最近は工作部の中で二人が揃うことも稀だった。松下は明石工作部から動けず、妖虎も明石艦内にいるのは間違いないが、政府部会やマネジメント・コンビナートへの参加で工作部に戻る暇もなかったのだ。

「実はドルドラ星系にワープしたE1のデータを分析しているんです」

松下は前置き抜きで本題に入った。

「どうしてアイレム星系ではなく、ドルドラ星系のデータ分析なの？」

妖虎にその理由はわからなかったが、松下が無意味なことをするはずがないという信頼はあった。

「部長は、AIがワープパラメーターを言語の一種と解釈したことを覚えてますか？」

もちろん覚えている。あの議論で松下は「ワープ言語という言葉の印象に引きずられている」という見解で、ワープパラメーターが何らかの言語という立場には否定的だった。

妖虎も、ワープパラメーターが魔法の呪文と同じという極論には与《くみ》するつもりはなかったが、ワープパラメーターを解釈する主体とは何かという疑問は抱くようになっていた。

実際に「解釈する主体」など存在しないのかもしれない。ただ物理現象としての説明を考えた時、そのメカニズムは単純な原理ではなく、複雑な構造を有するのは間違いないと思っていた。その構造が何であるかはわからなかったが。

「覚えているけど、何か進展があったの？」

「E1がドルドラ星系にワープした二回の記録を丹念に分析してみたんです。もちろんAIを用いて。なぜそんなことをしたかといえば、E1の座標と時間に不一致が見られたためです。最初のドルドラ星系へのワープアウトではそれはなかった。ところが二回目のワープアウトでは、一瞬で一〇万キロ移動するような不整合なデータが複数回発見できたんです」

「E1がドルドラ星系内で小規模のワープをしたということ？」

妖虎としてはそれ以外の解釈はできなかった。E1のワープ機関はベースが恒星間宇宙船なので、ワープアウトした先で小規模なワープを行うのは原理的に不可能ではない。ただし、それは人間が細かい操作を行なっての話だ。完全無人のE1にはミッション中の小規模ワープのような芸当はできるはずがない。だが、松下の話を信じる限り、その芸当をE1は行なったことになる。

「知っての通り、E1はワープ航路を開拓するための無人宇宙船です。このため多数のセンサーを追加し、可能な限り宇宙空間の状況とワープ機関の動きを記録するように設計されていました。いうまでもなく、それらはAIにより制御されています。

同時に、そのAIは不測の事態に備えて、ワープアウト後に最適化された航行を行うようにも設計されています。これはエネルギーを節約し、最大限のデータを記録することが目的です。

我々はこの記録と最適な行動という二つの目的は独立したものだと思い込んでいました。ですが、それは人間の先入観に過ぎず、現実は違った」

「E1のAIはデータを最大限に記録するために、一〇万キロ程度のワープを実施した。そういうこと？　確かにそれは驚くべきことだけど、要するにAIは設計者である我々の想定以上に賢かった、それだけのことじゃないの？」

だが松下の一言で、妖虎はこれが尋常な事態でないことを認識する。

「E1のAIには恒星間のワープと近距離ワープの違いを教えておりませんし、ワープにより微調整を行う運航手法の知識もない。あるのはパラメーターを設定し、ワープを行うという単純な原理だけです。

そこで導かれる結論は、E1のAIは航路の最適化のために教えてもいない近距離ワープを実行したのみならず、そのための最適なパラメーターを導き出した。膨大な過去のワープ航行記録の中で、ドルドラ星系へのワープという前例のない事態が生じ、従来にないワープパラメーターを手に入れたことで、AIは新たなワープの可能性を発見したのかもしれません」

妖虎は、ラクダの背中を折った最後の藁《わら》一本という言葉を思い出す。

「おそらくドルドラ星系への二度目のワープアウトで、E1のAIはワープ言語の解読に成功した。それが可能なだけのパターンが集まったのでしょう。だから自由に小規模ワープを実現できた。

小規模ワープは我々も運用していますが、それらは過去の試行錯誤の蓄積の成果であり、要するに帰納的なものです。言い換えるなら経験則で運航している。ところがE1のAIは演繹的に最適なパラメーターを導いています」

妖虎はすぐにこの説明の矛盾点に気がついた。E1のAIがそれに気づいたとしたら、明石やその他のより高性能なAIもその事実を発見したはずだからだ。しかし、そのような事実はない。

妖虎はそのことを松下に指摘する。もちろん彼女もその指摘は予想していた。

「一番の理由は、E1がドルドラ星系で一年以上も惑星シドンの調査を続けていた点にあります。AIは想定外の長期間に及ぶ探査を継続した結果、記憶装置の容量不足に直面した。このためAIは古いデータを消去し、新しいデータの記録容量を確保した。結果的に、AIがどのようにワープ言語あるいはワープデータの規則性を発見したのかは不明です。そうした欠落したデータでは、明石のAIはE1が発見できた法則性を見つけることもできません」

「だとするとE2がドルドラ星系に到達できなかったのは、E1が発見した法則性を再現できなかったため？」

松下は言葉を選ぶように、妖虎の疑問に対して自分の考えを述べる。

「人類はワープ航法を発明してから二世紀近い歴史の中で、六〇ほどの星系に植民地を建設し、交流を持ってきました。

ですが、一方で再現性のないワープパラメーターによる遭難事故も黎明期には起きていた。そして植民星系開発に熱狂していた人類は、遭難事故の原因究明には決して熱心ではなかった。

しかし、E1やE2による実験は、我々のワープ航法に対する認識の前提を覆《くつがえ》していると思います」

「認識の前提って？」

妖虎には、おそらくそれがかなり本質的なものだろうという予感があった。

「人類は、膨大なワープ航行記録を蓄積してきた一方で、把握している恒星間の基本ワープパラメーターは、地球圏から見た植民星系の数だけ、六〇にも満たない数しかありません。それ以外は失敗したパラメーターと認識されます。なぜならワープした宇宙船が戻ってこなかったからです。当たり前ですけど。

問題はここからです。ドルドラ星系にワープアウトしたコスタ・コンコルディアは、地球圏にも出発したカダス星系にも帰還できなかった。にもかかわらずE1はドルドラ星系にワープアウトして、時間の経過はともかくとして帰還しました。

我々は、植民星系のワープパラメーターがこの二世紀にわたり、ほぼ変化していない安定したものだという前提で考えていた。いままで私たちが行なってきたE1やE2の実験も、正しいワープパラメーターは安定しているという立場に疑問を抱かなかった。

ですが、ここまでのデータが示しているのは、ワープパラメーターは決して静的に安定なものではなく、動的に変化する本質的に不安定なものだということです」

「我々の植民星系と地球圏とを結ぶパラメーターは静的なものではなく、変化が極端に遅いだけということ？」

妖虎は自分の言葉に震えた。人類と植民星系の関係は、決して安定したものではないということだからだ。なるほど人間の尺度では二世紀は長い時間だ。人類はそれを永遠のような時間に感じている。だが宇宙の尺度では一瞬に等しい。そういうことなのだ。

「憶測に過ぎませんが、ワープパラメーターの変化は距離に比例するのかもしれません。地球とカプタインBのような近傍恒星では変化速度は比較的緩やかで、セラエノ星系のような遠距離では変化が大きいというように」

「カダス星系も地球からは遠い辺境星系と言われていたわね」

妖虎はいままで言われてきたワープに関する仮説が、「ワープは本質的に不安定なものだ」という視点に立つことで、多くの謎が解明される気がした。

「それで、ワープパラメーターは言語ではないかという話に戻ります。ワープパラメーターが動的に変化するものであるとしても、星系間を移動するにあたっては物理法則に則《のっと》った規則性があるはずです。

何に対してどのような項目を宇宙船が変化させればいいのか我々には分かりませんが、それでも規則性は存在し、Ｅ１はドルドラ星系でその一端を解読した。

こうした事実を考えるなら、我々は地球圏との交通を回復するパラメーターを探すよりも、ワープパラメーターが動的なものであるという前提で、その法則性を追求すべきでしょう。ＡＩはその一端を摑んでいます。

それさえ解読できるなら、セラエノ星系は地球圏との交通が可能となるだけでなく、ある植民星系から別の植民星系に移動するのも、地球を中継することなく可能となります」

「地球圏にとっては悪い知らせね」

人類にとってワープ航法の法則性が明らかになるのは望ましい。しかし、それまでには人類全体の経済体制に激震が走るのは間違いない。六〇近い植民星系のすべてが地球に依存している状況で、植民星系相互が直接交流できるということは、社会変動を避けては通れまい。

そこまで大きな話ではなくてもセラエノ星系は厄介な問題を抱えることになる。他ならぬ偵察戦艦青鳳の存在だ。宇宙軍は植民星系と地球圏の関係性、つまりは体制を維持するために存在する。

その中で、明らかに地球圏の地位を失わせるような発見について、青鳳がどう動くのか、それはまったくわからない。夏艦長と熊谷船務長が不在ということも問題を複雑化している。

確かに青鳳は、現時点においてはセラエノ星系政府と友好的な関係を維持している。しかし、地球圏との交通が可能となり、なおかつそれが地球圏と植民星系の関係を変化させるとなれば、現在の関係を維持できるという保証はない。

「一つ間違えれば、この法則性の発見は、人類社会を激変させるかもしれないわね」

そんな妖虎に対して、松下は言う。

「人類が進化するためには、産みの苦しみも必要でしょう。現状のままだと遅かれ早かれ、地球と植民星系の関係はワープ不能により崩壊するはずです」

妖虎は初めて紗理奈を怖いと思った。

4 盤古

一二月二五日・バシキール

夏と熊谷を出迎えた三人のイビス。彼らを乗せた五メートル四方の移動プラットホームは、都市宇宙船バシキールに到達した。もはや夏の視点では果てしない壁を見るようなもので、宇宙船についたというより、壁に突き当たった印象を受けた。宇宙船全体は黒というより、正確には暗い色と感じられた。一つには、表面全体で方向によって暗さの濃淡が変化するからで、何色と特定するのが困難であるためだ。

移動プラットホームが宇宙船と接するまで近づくと、正面の扉が開いた。幅で五メートル、高さで三メートルほどの開口部にプラットホームが入ると、そこは五メートル四方の部屋で、開口部の扉が閉まると、夏は加速感を覚えた。どうやらこれはエレベーターのようなものらしい。

事実、加速感が失われると先ほどの開口部が開いたが、目の前の光景はトルカーチに運ばれた地下格納庫ではなかった。椎名が証言していた、人類とイビスが生活していた空間だろう。そこもまた格納庫と思われたが、かなり小さい。天井までの高さは五メートルの、縦横の幅が一〇〇メートルほどの空間というのは椎名の証言と一致しており、たぶん同じ空間だろう。

ただ、当然といえば当然だが、椎名が証言していたような景観ではなかった。彼女が暮らしていた空間は、倉庫らしい広さにコンテナのような箱が並べられてエリアが区切られていた。だが二人の前に現れたのは、何もない空間に人類の住居が五つ並んでいるという光景だった。

「椎名が教えたのでしょうか、クバン？」

「でしょうね、俊明」

人類の植民星系は、植民事業の低コスト化のために、インフラの整備段階に合わせて標準住宅というものを設定していた。建築用の三次元プリンターが活用できる段階になれば、そうした規格も不要になるものの、規格化された調度類や建築材料を流用する方が有利なので、やはり標準住宅の設計が踏襲された。

標準住宅は一辺が一〇メートルの正方形で、昔の表現では3LDKと呼ばれる形式だ。いわゆる角部屋にあたる部分に六メートル四方のLDKがあり、それに接続する形で囲むように三部屋があり、残った空間が水廻りや玄関となっている。基本型ではキッチンが省略されているのは、植民初期段階では食事は共同食堂で摂《と》るためだ。キッチンを追加するかどうかは植民後の社会の文化や経済力に依存するので、オプションとなっていた。

これは六〇近い植民星系でバラバラで、自宅での調理が基本の星系もあれば、外食が基本の星系もある。セラエノ星系は後者が主流であった。

基本形は平屋であるが、三階建住宅程度なら、平屋構造を重ねることで実現できた。合理的で平凡な設計だが、植民者に短期間で文化的な住環境を提供することを可能とするものでもあった。

「椎名との共同生活の中で、これが人類の標準的な居住環境と聞いた。間違いはないか？」

ガロウが尋ねる。夏はまだイビスの個体識別ができず、先ほどからの位置関係でガロウとわかるだけだった。ただ、すでにイビスのAIは人類のエージェント機能について理解しているようで、夏のエージェントは発言者がガロウであることを示していた。

「なぜ住居が五つあるのか？」

夏はそれを確認する。ここにいる三人のイビスと二人の人類で五人。それぞれに住居を割り振るのかと思ったためだ。

「イビスは人類がいまよりも多く生活することを望んでいる。このため、より多くの居住空間を用意した。必要ならさらに住居を増やすことも可能である。また居住空間以外の施設の建設も可能である」

ガロウの発言に対して、夏はすぐに幾つかの疑問が浮かんだ。それをガロウに質《ただ》すべきかどうか迷いはあったが、自身の任務を考えて確認する。

「ガロウに尋ねる。人類はバシキール内の他の空間に移動することは可能か？」

「可能である。またガロウはそれを望んでいる。ただ互いにそれを可能とする準備はできていないとガロウは考えている」

椎名の証言によると、ガロウとの情報交換は基本的に等価であることを心掛けており、イビスもそれは同意であるらしい。

「セラエノ星系がイビスを迎え入れれば、人類はバシキール内を移動することが可能か？」

ガロウはそれを肯定するものと夏は思っていた。しかし、ガロウの反応はやや違っていた。側にいるエッ・セベクやヒカ・ビスルと何か彼ら本来の言語で言葉を交わし、答える。

「そのような状態と環境を作り出せることをイビスは望んでいる。ただし、夏と熊谷がバシキールの他の部分に移動できないのは、そうした問題とは違う。あくまでも安全を確認するためのもの」

イビスが微生物の感染あるいは汚染に神経質であるらしいとは椎名も指摘していた。ただ彼女の印象では、検疫に関する問題は解決がついているとも報告されている。しかし、それは椎名ラパーナ個人に対してで、夏や熊谷はまた別ということかもしれない。

「人類はイビスを、その生存環境に迎え入れる用意があるのか？」

ガロウが尋ねる。どうもガロウたちは、夏や熊谷がセラエノ星系にイビスを迎えるような権限を持っているとは考えていなかったようだ。相互理解が手探りの中で、そこまで話を進める段階にはないとガロウは考えていたのかもしれない。

「準備が整うなら、人類にはイビスの代表を迎え入れる用意がある」

夏は自分に与えられた権限の範囲を考えながら、そう返答した。セラエノ星系内でのイビス大使館に相当する施設開設については、前段階の交渉までは彼女と熊谷に与えられた裁量権の中に入っている。それ以上の決定はセラエノ星系政府により行われる。

この点では、夏の発言はまだ時期尚早とも言えなくはなかったが、互いの議論の方向性を早めに示すのは無駄ではないと判断したのだ。ガロウの反応からも、それは間違った判断ではないだろう。ここで議論をより現実的なものに戻そうとしたのか、熊谷が別の視点で尋ねた。

「この領域では住居は少なく見積もっても三〇以上は収容可能と判断するが、仮に住居を限界まで増やし、相応の人類が生活を始めたとして、イビスはそのことを認めるか？」

夏は熊谷の質問を面白いと思った。建て方にもよるが、標準住宅は通路を工夫して最大限に密集させれば七〇や八〇棟は収納できるだろう。ある程度の余裕を確保しても三〇や四〇棟は建てられる。その一棟ごとに数名の人類が生活すれば、総人口はすぐに一〇〇、二〇〇という数字になる。

つまりこの空間はイビスの宇宙船内にあって人類の街、あるいは自治体となり得る。そのような状態になることをイビスは容認するのか？　熊谷が問うているのはそういうことだ。

もちろんイビスはセラエノ星系に対しても同じ要求をするかもしれない。しかし、自分たちは一つの惑星なのに対して、イビスは巨大な宇宙船を二つ持つだけだ。大使館ならまだしも、異星人の自治体を宇宙船内に認めるのは容易ではないだろう。

夏は、この問題でもイビスたちは話し合うだろうと予想したが、そんなことはなくガロウが即答した。

「この領域内に完結する限り、それは人類の自由だ。ただ我々の提供できる資源にも限度はある。空気や水の供給量の枠内で生活してもらう」

ガロウの発言に、夏はイビスと自分たちとの認識の差を感じた。どうもイビスには、宇宙船内の人間集団の存在とその自治権という問題をさほど重視していないような印象を持った。さりとてガロウは「このエリアに水と空気を提供している自分たちが人類の生殺与奪の権を握っている」という意識でもなさそうだ。

つまり自分たちがイビス社会と接触を持つというのは、この認識の違いを最小限にするためだ。そんなことは夏だって出発前からわかっていた。しかし、こうしてガロウと話してみて、認識の違いとはどんなことなのか、やっと腑に落ちた。

「夏と熊谷はどこに住むのか？」

ガロウがそういうと住居の壁に数字が浮かび上がった。イビスの文字ではなく、人類の使うアラビア数字だ。

「1以外の住居ならどれでもよい」

「1は駄目なのか？」

夏が尋ねる。それは当然の疑問だろう。

「1はイビスが使用する。人類と接触機会を持つべきイビスは、すでに二四人いる。そうしたイビスが順番に位置に就く」

一二進法を用いるイビスの二四というのは、人類にとっての二〇人に相当するのだろう。だが夏はここでふと思いついたことがあった。

「その二四名は八組の婚姻関係者なのか？」

イビスが一二進法を使うのは、手の指が六本だからと思われてきたが、何進法を用いるかは時に文化の問題でもある。彼《か》の人らが一二進法なのは、三体一組の婚姻関係が基盤になっているのではないか。そんな気がしたのだ。

「婚姻関係はとりあえず関係ない。エッとヒカから母になるであろうものが選抜されている」

椎名はエッ・ガロウと密接に過ごしたこともあり、彼の人が高官であり、同じくエッのつくセベクもまた椎名と言葉を交わしたことから、外交官のような役割の一族か集団と推論を立てていた。しかし椎名も、エッが一族を表すのか、職の呼称なのか突き止めてはいない。

そうした中で今度はエッだけでなくヒカという集団も深く関わるようになった。人類との関わりをエッだけでなくヒカにも持たせようというのか、あるいはエッだけでは手が足りなくなったのか？　どうもこの短時間のやり取りだけでも疑問は膨らむばかりだ。

「夏と熊谷はどの住居を選ぶか？　夏と熊谷が別々でも同じでも、選択は自由だ。人類社会と同様に過ごしてほしい」

住居が用意されているならば、そうした情報は前もって知らせて欲しかったが、イビスとしては自分たちの反応もまた人間を知るための情報なのか。

ただ集合住宅のような空間で居住すると思っていたために、このように人間用の住居を与えられた時の対応までは考えていなかった。

改めて好きなように住めるとなると、熊谷と顔を合わせるのもなんだか気恥ずかしい。

当たり前のことだが、イビスは人類との相互理解を進めるために、少なからず「動物としての人間」についても情報を得ようとしているという。

特に互いに生殖という問題を先送りにしてきた状況では、この問題は避けて通れないだろう。それはわかる。しかし、では自分と熊谷が一つの家で生活し、性交渉まで行うのが正しいかどうかは別問題だ。

理由は幾らでもある。年齢的に夏クバンの受胎確率が低いことは不問に付すとしても、イビスとの交渉のために生まれてきた子供の人権はどうなるのか？　ガロウの子供であるエッ・クオンは、人類とのコンタクトに関係なくこの世に生を受け、そのことは人類に多くの知見を与えてくれたが、それはあくまで結果論に過ぎない。

イビスに人間を知ってもらうために、子供を作るなど認められるはずもないし、人類の生命倫理について誤ったメッセージを送ることになるのは明らかだ。

なら性交渉だけならどうか？　これもまた単純な話ではない。人間には出産と無関係な性交渉がありえるが、イビスにはそのようなものがあるかどうかわかっていない。

人類の六〇近い植民星系にはさまざまな動物が存在するが、性別を持ち、生殖に性交渉を必要とする動物の圧倒的多数が、最短時間で受精を終わらせようとする。性交渉が個体にとって無防備な状態だからと言われているが、ともかく現実はそうだ。

一言でいえば人類の生存圏の中で、発情期のような時期もなく、生殖に無関係な性交渉を行う動物はほぼ人類だけだ。

そうしたことを考えた時、イビスに性交渉を見せたところで、確かに人類に関する重要情報を提供することにはなるかもしれないが、文化的な相互理解も不十分な段階では混乱の種になるのは間違いあるまい。

そもそもアーシマ首相も、イビスに性交渉を教えるために夏と熊谷を派遣したのではあるまい。百歩譲って仮にそうであったなら、事前に説明しただろう。

「自分とクバンは家族ではない。ただイビスに理解できる表現をすれば、クバンはエツ・ガロウに類似の立場であり、俊明はエツには含まれない。故に住居は別である。クバンの立場を考えるなら、クバンは2、自分は3が望ましいと考える」

熊谷はそうガロウに提案した。夏は改めて船務長の力量を感じた。自分は少し先回りして考えすぎたが、現状では彼の提案こそ妥当なものだろう。

そして熊谷の発言に、ガロウは興味深い反応を示した。

「夏クバンが2、熊谷俊明が3に居住するのはガロウも理解した。ただ、クランが異なるから住居が別というのはガロウには理解し難い。人類が同じクランで同じ住居に居住するのが一般的なら、それはそれで構わない。我々はそうした違いを学ばねばならぬ」

夏も熊谷もガロウの発言に顔を見合わせる。まずクランなどという単語をいまどき使う人間はまずない。ギラン・ビーのAIとイビスのAIが相互にデータ交換した結果、クランという単語に意味づけがなされたのは推測がつく。

しかし、どうしてここでクランという単語になるのか。

「夏はクランという単語の意味について、イビスと調整のために然るべき環境整備の必要があると考える。クランの意味についての調整は先送りしたい」

「ガロウはクランの意味の調整について同意する」

とりあえずイビスとの会見はここで終わり、ガロウたち三体は1の建物に入り、夏と熊谷は2と3の建物に向かった。熊谷はすぐに夏に歩み寄る。

「クランという単語を使った理由なんですが」

「何かわかったの、俊明？」

「AI同士のデータ交換をしたなら、企業や家族などの多く使われる単語については意味の了解がついているはずです。それなのにほぼ死語に近い存在のクランという単語を選んだのは、我々が普通に使っている帰属集団を表す単語では表現できないからでしょう。その中でAIなりに一番近い意味を探し出して表現した」

「それがクランか……確か氏族社会とかそんな意味よね？」

「自分もその程度の理解ですが、クバン」

アイレムステーションにはギラン・ビーより高性能で意味も理解できるAIが配備されているが、いきなりイビスと人類のAIを接続するのは危険すぎるという点で、人類とイビスは意見が一致していた。

現実にギラン・ビーのAIはそれで作動不能になったのだ。むしろ専門家は、あの局面で作動不能になったからこそ、イビスのAIは救われたのではないか？　という意見さえある。初期段階のデータ不整合で動作不能になったからこそ、より深刻な機能停止を回避できたというわけだ。

椎名の活動と証言で、人類とイビスの意思疎通はAIを活用する形で著しく前進している。それでもなお不明点は残っているのだ。

椎名の責任では決してないのだが、椎名が一人しかいなかったことで、イビスは彼女をいくら観察しても人類の家族や組織はわからない。わからないから、イビスにしても自分たちの家族なり組織との対比ができないわけだ。

「我々の関係はなんだ、俊明？」

夏は尋ねる。

「いまの我々ですか？　同僚でしょうかね」

「妥当な解釈だな」

「ですけど、クバン。イビスの社会に同僚なんているんですかね？」

夏と熊谷に提供された住居は、ギラン・ビーのデータを参考に建設したらしく、驚くほど平凡な標準住宅だった。それはイビスによる再現性の高さを意味していた。建築素材こそ完璧に同じではなく、そこは彼の人らが自分たちなりの方法で再現したようだが、それ以外は完璧だった。

これは重要な事実だと夏は考えた。つまり住居を建設するにあたり、完璧に再現するべきは何であり、自分たちの都合で設計変更を加えてもよいのはどこであるか、イビスはそうした判断ができるということだ。

とりあえず私物をLDKに隣接した収納部屋に納め、LDKに用意されたソファーにかける。夏も仕事柄、幾つもの植民星系で官舎に宿泊したことがあるが、いまはそんな経験と何の違いもない。室内を見ている限り、ここは人類の版図の中だ。

しかし、いつまでもここで座ってばかりもいられない。ここから先、どのようにアプローチをしていくか。それについての計画は必ずしも明確ではない。

人類とイビス相互の組織的な動きや構造を理解し、そこから互いの文明理解に繋げるという大きな方針では了解ができていたが、それは長期的な話であり、当座どうするかについては夏と熊谷の生活の中で方針を立てると説明されていた。

大雑把すぎるとしか思えなかったが、現実的なアプローチはそんなところだろう。人材に十分な余裕があれば、セラエノ星系政府も別の方法を検討できたかもしれないが、現状では選択肢は少ない。

結局のところ、青鳳の艦長と船務長がこんな任務に就くのも、遂行のための教育訓練を受けていて、セラエノ星系からいなくなっても社会への影響がほとんどないためだろう。もちろんアーシマ首相はそんなあからさまな表現はしなかったが結論は同じだ。

この辺りは熊谷とも相談したかったが、それもまた悩ましい。エージェントを介して仮想空間の中で会うことは簡単だが、そのためのシステムはイビスのものを活用することになる。情報は丸裸になると考えていい。相互理解のためなら活用すべきとも思うが、一方でイビスへの過度の依存にはリスクもある。

それ以上に気になるのは、熊谷との相談は任務のためであるが、それが人類の日常としてイビスに提供されるべきなのか？　という点だ。

こんなことは考えすぎというのは夏もわかっていた。それは熊谷をはじめとする部下たちからも指摘されることだ。

「熊谷と不用意な真似はすべきではないか……」

それが夏の結論だった。イビスのシステムを活用するリスクがどうのという問題ではない。もっと単純な話だ。普通の社会人は時間に従って動いている。朝起きて、食事をして、働いて、食事をして、プライベートな時間を過ごして食事をして、その後に寝る。

すべての人類がこのようなスケジュールで一日を過ごすわけではないが、最大公約数的な生活動態としてはこんなものだろう。実際問題として人類の標準的な日課というものも、簡単には言えない。まず植民星系の市民と、宗主国たる地球の市民とでは生活様式が違う。

ただ植民地という単語の歴史性などを考えると、それを現段階でイビスに説明するのは望ましくないだろう。相互交流が深まれば人類もイビスも互いのネガティブな歴史情報を開示する段階に到達できるかもしれないが、いまはまだその時期ではないと彼女は考えていた。

そうした中で夏のパーソナルエージェントが食事の時間になったことを告げる。彼女のエージェントはイビスのAIと適切な折り合いをつけているらしい。そして食事のために移動することを促し、その方角を示した。

それは熊谷のいる3の住居の真裏だった。トルカーチから降りた時には横一列に並ぶ五棟の建物だけが住居のすべてと思っていたが、その後ろに幅一〇メートルほどの六角柱の建物がある。平屋で天井までの高さは四メートルほどあるようだ。トルカーチから降りた時は見えなかったわけだが、イビスも特に説明の必要を感じなかったのだろう。

興味深いのは、その建物は人類の標準住宅とはまったく違う規格で作られていることだった。素材こそ人類に合わせて標準住宅と同じらしいが、さまざまな規格はイビスのそれに合わせられているらしい。

エージェントの連絡は熊谷にも届いていたらしく、二人は並んでその建物に入った。ドアはなく、開口部が一つあるだけだ。中には四人掛けのテーブルが六個、壁に面して等間隔に並んでいる。建物は六角形だがテーブルは正方形のありきたりのものだ。何の変哲もないプラスチック製の椅子も四脚あり、どうやら家具についてはギラン・ビーのデータを活用したらしい。

等間隔に並ぶ六個のテーブルの中心には、丸テーブルが一つ置かれており、そこに深皿に入った食事が幾つか並んでいる。皿やカップの類もあり、どうやらカフェテリア方式で勝手にとって食べるらしい。

椎名はバシキールで生活している間、イビスと一緒に食事をしていたが、今回に関してはそうしたことはしないようだ。

「クバン、食事どうします？」

「自分でやる。ここは青鳳じゃないし、私も艦長じゃない」

そう言いながら、二人は自分の食器に料理を盛り付ける。椎名は保存食のレーションをイビスが再現したものばかり食べていたが、どうやら料理を再現することに彼の人らも成功したらしい。ただこうした食事のやり方は、植民星系でよく見られるものだ。セラエノ星系のデータを利用したのだろう。

とりあえず夏は熊谷と向かい合わせに座り、今後のことを考える。

「いま思ったんですが、我々は必要以上に普通の人間の生活を意識することはないんじゃないでしょうか？」

熊谷がまず口火を切った。

「それはなぜ？」

「椎名から学んだのかもしれませんし、イビスのAIがギラン・ビーからデータを入手したのかもしれませんが、イビスは人類の生活文化について予想以上の情報を掌握しています。ただ入手した情報の相互の関連がわからない。

仮に百科事典的なデータベースから色々な情報を入手できても、単語の持つ意味の背景まではわかりません。食堂は食事をする場所、というのは人類には誤解のしようのない文章ですが、イビスには意味を完全には理解できないでしょうし、言葉が持つ意味の幅というか曖昧さの範囲となれば完全な未知数です」

「つまり我々は教科書通りでなく、個人として自然体に振る舞うことで、単語の曖昧さを理解させろということ？」

「そういうことです」

夏は熊谷の提案の趣旨は理解できた。その意見に妥当性も認めたが、しかし、自然体に振る舞うことには異論があった。

「いや、ここは努めて教科書的に行動すべきでしょう」

「なぜです、クバン」

「さっき、俊明は私に給仕しようとしたでしょ。それは私が艦長で、あなたの上官だったから。たぶん私の態度にも上官然としたものは出るだろう。青鳳での我々の生活実態はそんなものだ。

私は艦長として、船務長以下の青鳳の乗員たちを軍人として評価しているし、誇りにもしている。規律の取れた素晴らしい軍艦だ。

しかし、だからこそ我々は心の芯から軍人として思考し、軍人として動いている。つまり我々は人類のサンプルとしては著しく偏《かたよ》った存在なのだ。セラエノ星系のような軍人らしい軍人のいない社会で、文官のアーシマ首相には職業文化の問題は気がつけなかったのだろう」

「青鳳の乗員は宇宙軍の中でも変わり者と言われてましたけどね」

それには夏も苦笑するよりない。偵察戦艦青鳳は情報収集や調査が目的の軍艦であり、夏をはじめとして博士号取得者も複数いた。時に青鳳大学と陰口を叩かれる軍艦は、確かに宇宙軍の文化の中でも特殊かもしれない。しかし、いずれにせよ標準的な人間とは言い難い。

冷静に考えてみれば、イビスとの交渉には非凡な才能が要求される中で、イビスに対しては平凡な行動をするというのだから、この任務は最初から矛盾含みだ。

「私としては、一日の行動を時間割に沿って動くようにしたい。それが標準かと言われれば異論もあるだろうが、イビスに対してこちらが規則性を示すのは相互理解の観点で有効だと思う」

「朝起きて、食事して、仕事して……みたいな規則正しい生活ですか」

「そうなるな」

そして夏は続ける。

「問題は仕事だ。我々はイビスとの接触を決まった時間に行おうと思う。アイレムステーションのバックアップを活用する時間もそれに合わせる」

「具体的には？」

熊谷は夏の話に身を乗り出す。

「イビスの進化史を明らかにする。イビスの文化がその生態に依存しているなら、その進化史から解き起こさねばなるまい」

「ですが艦長、いやクバン。それは理屈としてわかりますが、あまりにも迂遠《うえん》な方法ではありませんか。我々がこうして食事をしている背景を、霊長類の進化から説明するようなものでは？」

「迂遠に思うのは当然だが、そもそも我々の文化、文明はそうした蓄積の産物なのだから、文化について共通の基盤がないイビスに対しては、これが迂遠に見えて最短の方法だ。それに、これにはもう一つの効用がある」

「生物学的な知識の共有とか？」

「あぁ、それもあるわね。でも、私が言うのは別のこと。我々の文化の背景に進化史があるとしても、そんなものを日常的に意識などしていない。しかし、我々は穀物を当たり前に食べているけど、それに至った歴史的背景は複雑だ。惑星環境の話にも波及する。

同じようにイビスの進化史を説明させることは、彼の人らに自分たちの文化の背景を再度考察させることに繋がる。人類に説明するという前提の中で、彼の人らが進化史と文化の関係を考察してくれるなら、それは我々とイビスの相互理解に大きく寄与するはずよ」

熊谷はしばし考え込む。

「確かに効果的ですね……しかし、我々二人だけでは、あまりにも」

「荷が勝ちすぎるのはわかっている。当面は二人で解決がつく範囲で質問してゆく。アイレムステーションもある。情報は彼らも処理するでしょう。まず我々の任務は方針を立てることよ」

イビスのAIは、夏や熊谷のパーソナルエージェントを仲介にアイレムステーションと交信ができた。むろんその情報はイビスに通じていると考えて間違いない。

夏は熊谷と話し合ったことをアイレムステーションに伝達し、さらにエージェントを介してガロウにも別途提案を行なった。それに対するガロウの返答は、夏と熊谷との交渉は1の建物で行うというものだった。その住居がAIなどの支援を一番受けやすいためとのことだった。

どうやら1の住居には都市宇宙船バシキールとの出入口があるらしい。三人しかいなかったはずなのに、いつの間にか一二人のイビスがいた。しかも外観こそ標準住宅だが、内装は間仕切りのない大きな部屋となっている。

ガロウやセベクはもちろん、ビスルや他のイビスも赤いローブを纏《まと》っており、ストラップやエプロンはしていない。椎名が証言していた委員会のメンバーの服装だ。

すでにエージェントの報告があったのか、ガロウが前に出て夏と熊谷を迎える。夏はすぐにガロウに対して提案を述べる。

「我々はイビスとの相互理解を進める上で、互いの進化史を学ぶのが最善と判断した。イビスが今日《こんにち》のような動物に進化してきた道筋を教えてほしい。その上で人類も同様の進化史を提示する用意がある」

イビスの音声周波数は人類の可聴域を超えると聞いていたが、それでも一二名のイビスのざわめきはわかった。つまり彼らの間で激しく意見が交わされているのだろう。

「ガロウが尋ねる。なぜイビスの進化史を先に提示し、人類がその後なのか？」

情報提示の公正さはイビスにとって重要な問題らしい。むろん夏には説明の用意があった。

「イビスの進化史は人類と大きく異なる可能性がある。そして人類の認知は、物事を連続したプロセスの変化とすると理解しやすい特性がある。さらにイビスがそうした進化史を提示してくれたなら、人類はイビスに対してより理解しやすい情報提示を行えるとクバンは考える」

進化史をストーリーとして提示してくれれば、わかりやすいし、人類もイビスに理解しやすいストーリーを組める。そういう趣旨のつもりで夏は述べたのだが、それが正確に伝わるのか必ずしも自信はない。

むしろ夏はガロウから、ある質問がなされることを期待していた。それは「進化とは何か？」という質問だった。ＡＩがどのような翻訳を行うのかはわからないが、人類の歴史の中で「進化」という単語は、少なからず政治利用されてきた。時には「進化」が大量虐殺の口実に使われることさえ起きている。

それだけに、この言葉に対してガロウからの反応が重要と考えたのだ。しかし、ガロウの返答は「了解した」だけだった。

「進化については了解いただけたか？」

熊谷も同じ疑問からそう質問したらしかったが、ガロウの返答は「進化とは、簡単に言えば、環境変化への適応手段の一つであろうと理解している」というものだった。進化とは何かを詳しく書けば膨大な量のコンテクストが作成できるが、一言にまとめるならガロウの説明に間違いはない。

むろん単純化しすぎているとは思うのだが、ガロウも「簡単に言えば」とそこは認識しているようだ。夏はこのことから、イビスの歴史の中でも進化の概念は紆余曲折を経てきたのではないかと思った。

「ガロウは一つ確認したい。人類の情報の中に頻繁に地球という言葉が交わされているが、セラエノ星系の人類居住惑星が地球なのか？」

イビスがそんな問題で躓《つまず》いていたとは思わなかった。

「地球とはセラエノ星系人類の発祥の惑星であり、セラエノ星系の人類のほぼすべてが居住しているのは惑星レアである。惑星レアは惑星バスラと類似の惑星である」

「惑星レアと惑星地球は異なることが確認できてガロウは満足だ」

もしかしてイビスは、人類が惑星レア土着の知性体と考えていたのだろうか？　それは夏にもわからない。

「イビスの発祥の地はどこなのか？」

熊谷はそう尋ねたが、夏はタイミングが悪いと思った。自分たちはセラエノ星系が地球から見てどこにあるのかわかっていない。人類とイビスは公平に情報交換をするというこまでの流れからすれば、イビスの母星の位置を教えられながら、人類の母星の位置を返答できないのは望ましい展開ではないだろう。

「イビスは惑星盤古《ばんこ》で誕生した存在だ。その社会には居住可能な複数の星系が存在するが、盤古を原点とした時、アイレム星系がどこに存在するのかは我らにも知る術《すべ》はない」

「セラエノ星系の人類も同様の状況にある」

熊谷はそう返答したが、それに対するガロウの返答は、夏には意外なものだった。

「そうであろう」

これは興味深い発言だった。イビスもワープ航法を利用していることはわかっていたが、人類と同じ原理かどうかははっきりしていなかった。それは別の原理のワープ航法が存在するかもしれないという願望でもあった。違う原理のワープなら、地球に戻れるかもしれないというわけだ。

しかしガロウは、セラエノ星系がどこにあるのか人類がわからないという事実を当然と受け止めているようだ。考えてみれば、イビスはワープ機関内蔵のギラン・ビーを調査することができた。だから人類のワープ技術についても知っている。それがいまの発言になったわけだ。

「盤古の星系はこのようなものだ」

ガロウがそういうと、夏の視界の中に星系図が見えた。それは太陽系によく似ていた。G型恒星の周囲に大小様々な惑星が一〇個あった。盤古星系にも小惑星などはあるのだろうが、惑星以外は省略されているのだろう。最小の惑星で直径三七〇〇キロ、最大のガス惑星で直径一四万五〇〇〇キロほどだった。

「惑星以外の天体はあるのだろうか？」

夏がそういうと、大小さまざまな天体が表示された。小惑星帯に相当するものもあれば、前方トロヤ群や後方トロヤ群に相当するものもある。星系の外縁部には最小の惑星より一回り小さな天体が二つあった。どうやら大きさで惑星が定義されているようだ。

「イビスの惑星の定義は、人類の単位で三六一三キロ以上の天体であることか？」

イビスは一二進法なので、一二の六乗にイビスの長さの単位である一・二一メートルを掛けた数値が三六一三キロほどになる。彼らにとっては切りの良い数字なのだ。

興味深いのは、惑星盤古には地球のそれよりもやや小さいながら月が周回していることだった。月の存在が地球環境に与える影響を考えるなら、盤古の惑星環境はかなり地球に近いと思われた。大型の月のある地球型惑星は人類の植民星系では確認されていないことを考えれば、これはかなり珍しい事実だ。

「太陽系のデータはアイレムステーションに準備させるので待ってほしい」

「ガロウは了解した」

熊谷にも一連のやり取りは共有されていたのだろう。彼は夏に呟く。

「知性体の誕生には月の存在が重要だという仮説を聞いたことがありますが、案外当たっているのかもしれませんね」

「そんな知性体が、場所もあろうにボイドで遭遇するのもな」

夏は、その事実に何か寒気のようなものを感じていた。

一二月二六日・アイレムステーション

西園寺指揮官にとって、この一二月二六日というのは多忙な日だった。都市宇宙船バシキールの夏と熊谷からは最初の報告が届き、当面の計画と太陽系の詳細図をまとめるよう依頼された。どうやらギラン・ビーのＡＩからは、そのデータが得られなかったためらしい。

そうした最中に、西園寺らはまったく予想外の通信を受けた。

「指揮官、外惑星系から通信を傍受しました。我々のフォーマットです、輸送船ケルンと名乗っています」

それは重大な情報であったが、ステーションのAIは時刻でも報告するような普通の口調で報告する。

「輸送船ケルン？　何だそれは？」

「狼群商会保有の内航船です」

AIは西園寺に対して、彼が期待したのとは違ったことを返す。

「西園寺指揮官へのメッセージを受信しました。表示しますか？」

「表示してくれ」

AIは西園寺の視界にのみ、データを表示した。ピント外れの反応を返すこともあるAIだが、情報管理に関しては適切な判断ができるようだ。

それは驚くべき内容だった。つまりアイレム星系とセラエノ星系の特殊事情によるが、内航船で行き来するパラメーターが発見され、無人運転で安全が確認されたため、有人で再実験が行われたというのだ。

「セルマ、夏艦長と熊谷船務長がトルカーチに移動するまでの一部始終をまとめて、ケルンに転送してくれ」

西園寺が命じると、セルマはすぐに了解したとエージェント経由で報告する。セルマの正式な肩書はアクラ市の代表なのだが、事務方としての有能さから、事実上の副官としてステーション内を仕切っていた。

事務方の人間が限られていることもあり、またセルマの行政官としての階級も比較的高位であることなどから、彼女が副官格であることに異を唱えるスタッフもいなかった。人間が限られているステーションの中で、多忙な任務を処理できる人間には同じ体重の黄金に等しい価値がある。

「それでケルンはどこにいる？」

セルマは星系図の中にケルンの位置を示した上で、「距離は九〇〇万キロほどです」と口頭で報告する。それで距離と方位はわかった。

ケルンは一連のデータのやり取りを終えると、再びアイレム星系から消えた。そして西園寺はいままで起きたことを考える。ケルンからの通信は、回線もプロトコルもイビスが傍受し、理解できる方法で行われた。つまりステーションへの通信は、イビスに知らせる意味があるのだろう。

それよりもワープパラメーターを適切に設定すれば、内航船でアイレム星系とセラエノ星系を移動できるという情報に西園寺は注目していた。セラエノ星系の内航船はケルンを含めて二隻だけだが、イビスにも同様の宇宙船は存在するのではないか？　たとえばトルカーチなどは内航船の可能性が高い。

現時点で二つの星系の移動は、大型で複雑な恒星間宇宙船を用いて行われているが、こうした宇宙船の寿命は限られており、交換部品の入手が不可能な現状では、遅かれ早かれ二つの文明の交流は不可能になると考えられていた。

しかし、星系間の移動に内航船が活用できるなら、文明の交流期間は倍以上長引かせることができるだろう。そしてその延長した期間に、内航船の自給自足が可能となれば、二つの文明は恒久的に交流を維持できる。

むろん最初の宇宙船は完成度も低く、信頼性も十分とは言えないかもしれない。しかし、改良を続け、性能を向上させてゆくことは可能だ。

果たして、それが可能かどうかはわからないが、追求する価値は十分にある。

「忙しくなりそうだな」

一二月二八日・アクラ市

マネジメント・コンビナートはアクラ市にも建設された。時間がないこともあり、建物は首都ラゴスに建設されたものを参考に簡略化されている。人口比では四分の一のため、そこまで大きなビルである必要はない。さらにラゴス市のマネジメント・コンビナートとは仮想空間で連携しているので、距離の隔たりを感じることはほぼない。

それでも空間は余るように思えたが、モフセン・ザリフ市長はそうした空間を無駄にはしなかった。市の行政職員から希望者を募り、マネジメント・コンビナートとアクラ市をつなぐ窓口となる業務を担当させることにしていた。これは、セラエノ星系政府の意思決定にマネジメント・コンビナートが重要な位置を占めるようになったため、アクラ市の関与する余地を確保する意味もあった。

こうした思惑とは別に予想外の収穫は、政府が入手した情報をすぐに共有できることだった。内航船ケルンがアイレム星系へのワープに成功したことや、内航船であればセラエノ星系の技術と資源でワープ宇宙船として建造可能であるとの分析も知ることができた。

ザリフ市長は、その報告を助役のアラン・ベネスから受けていた。ザリフはそこに大きな可能性があることを見逃さなかった。

「穀物運搬船の図面はセラエノ星系内のどこにあるか分かるか？」

ザリフの質問にベネスは目を丸くした。

「穀物運搬船の図面ですか？　どうでしょう、カラバス農場にならあるかもしれませんが……」

「だったら、すぐ照会しろ。船の型は多少旧式でも構わん。あるいは旧式の方が好都合か」

ベネスは市長の命令をすぐにエージェント経由で部下に伝達したが、命令の意味はよく理解できないようだった。ザリフがベネスを自分の後継者候補に考えていなかったのは、実務処理には秀でているものの、危機に際して前例のないアイデアをほとんど思いつかない点だった。

あるいは地球圏との交流が維持されていたならば、ベネス市長の目もあったかもしれないが、星系は孤立し、その上にイビスとの交渉が必要となるような先が読めない時代には、彼が市長になる目はない。

「説明するとだな、内航船が自力で建造できるようになると、もう一つ大きな問題が生じる。地上と宇宙空間を結ぶ輸送手段だ。

これまでなら地球圏から運ばれた物資は大気圏突入用の大型カプセルに詰めて、軌道上から海に投下して、我々は海上でそれらを回収していた。

一方、惑星レアから地球圏に行くときは、ウーフーで宇宙船まで移動した。数少ない例外がカラバス農場の穀物だ。

穀物なんぞ、いちいちウーフーで輸送していたら何年かかるかわからん。だからその時だけは必要機材を搭載した穀物運搬船がやってくる」

「あぁ、そう言えば、専用の穀物シャトルをラゴス空港から打ち上げてましたね」

「思い出したか、それだ」

ザリフはざっと穀物運搬船の原理を説明する。彼はラゴス空港の建設にも参加していたので、そのあたりの基礎知識はあった。

原理は単純だった。ワープアウトした穀物運搬船はそのまま惑星レアの比較的低軌道に乗ると、複数の反射鏡を軌道上に展開する。そして惑星の（多くは赤道上の）土地に死角が生じないようにする。その上で、穀物を満載した輸送用カプセルにレーザー光線を照射し、大量の物資を軌道上まで打ち上げるのだ。

人口が多く、社会インフラが整っているような植民星系では、軌道エレベーターや反物質動力の大型往還機が運用されているが、セラエノ星系のようなところでは、レーザー推進式がもっとも経済的なのであった。タンクの水をレーザーで加熱して噴射するという、原理的に水さえあれば離陸可能なのだ。

「穀物運搬船の大型レーザー照射装置を地上なり軌道ドックで製造し、設置すれば、いままで以上に大規模な人と物資の輸送が可能となる。

だからこそ我々が真っ先に研究と製造に着手し、輸送インフラに対して発言権を確保する必要がある。アクラ市が主導権を握る必要はないとしても、運営に対する影響力は持たねばなるまい。すべての作業が我々の頭の上を通過して行われるようなことは避けねばならない。ねばなるまい」

結局のところザリフの立場は、アクラ市の権利を守るという点ではブレなかった。それなのに主導権に拘《こだわ》らないのは、市長としての自身の限界もわかっていたからに他ならない。アクラ市の枠内なら自分はうまく回せるとは思うものの、星系全体、さらに異星人文明となると完全に自分の手に余る。

この点では妻のファトマや義妹のキャサリンも同様だと思う。聡明でやり手だが、思考の枠がやはりアクラ市を中心としたものとなってしまう。それは決して悪いことではなく、アクラ市の行政を考える上では重要な要素だ。ただ、話が人類というレベルにはなかなか広がらない。

むしろこの点では、姉妹たちから「変な娘」扱いされていたセルマこそが、一番強いのかもしれない。彼女はすでにアイレム星系で働いているが、それこそ適任だろう。

「わざわざそんなものを開発する必要がありますかね、市長？」

ベネスは意外なことをいう。

「要するに強力なレーザー光線が出ればいいんですよね。宇宙船に正確に照準をつけられる奴なら」

「それはそうだが、そんな都合のいいものがあるか？」

ベネスは空を指差す。

「偵察戦艦青鳳って、強力なレーザー砲を持ってましたよね。そいつを使わせて貰えばいいんじゃないですか。明石に解体してもらって、軌道ドックに据えつけるとか」

「青鳳か……」

色々と不満を感じる時もあるが、ベネスはこんな形で、素晴らしい解決策を見つけてくれる。だからこそ助役を任せているわけだ。

「イビスと戦争するならともかく、戦争の脅威がないなら、解体してもどこからも文句はこないと思いますけど。文句を言うとしたら宇宙軍でしょうが、彼らが文句を言いに来てくれたら、孤立化問題は解決するわけですしね」

イビスと戦争になるのか？　という問題には、椎名の帰還以降、多くの市民がその可能性はないと考えるようになっていた。イビスが敵意を持って椎名に対応しなかったということも大きいが、都市宇宙船で自足し、なおかつ地下で生活している存在と、戦争が起こるほどの利害対立が成立しないという意見が主たる根拠だった。

ただザリフは、ベネスの意見に別の可能性も認めていた。ラゴス市からの見方は違うのかもしれないが、アクラ市から見れば、青鳳はやはり地球圏の軍艦であり、命令があれば砲門を惑星レアに向けることは躊躇すまい。宇宙軍とは基本的に、宗主国たる地球と植民星系の関係を維持するために存在する。その功罪は別としても、目的はそこにある。

そしてマネジメント・コンビナートの情報では、明石の実験により、いままで知られていなかったワープ航法の特性などが明らかになっているという。内航船でアイレム星系にワープするということも、そうした実験の中で発見された。

だとすれば地球圏との交通を可能とするパラメーターが発見された時、青鳳がセラエノ星系のために活動する保証はない。禁じられている三次元プリンターのマザーマシンの開発ひとつとっても、セラエノ星系での文明維持の試みは、地球にとっては脅威となり得る。

その条件の中で、青鳳が軍艦として存在するのは、別の意味で脅威だ。平時には宇宙船打ち上げ用、そして有事には惑星を防御する武器として、セラエノ星系政府の管理下に置くべきではないのか？

ザリフはこの考えがどこまで妥当なのか、正直、自信がない。しかし、市長の勘としてこの問題は放置できないと考えた。

「ベネス、信頼できるスタッフでこの問題を検討してみてくれ。適当なタイミングでマネジメント・コンビナートに課題として投げてみたいからな」

5　クラン

一二月二八日・バシキール

定めた日課に従い、夏と熊谷は一日の生活を始めた。ガロウも了解したが、イビスたちもそれに合わせて動きを変えたようだった。人間のように表現すればシフト調整に相当するようなものらしい。

1の住居には最初は一〇人以上のイビスがいたが、人類側が時間割に従った生活を送るようにすると、仕事時間には同じ面子《めんつ》のイビスだけが詰めるようになっていた。

イビスは五体おり、エツ・ガロウ、エツ・セベク、ヒカ・ビスルの三名は共通だったが、この他にヒカ・ニアとヒカ・クルトという二名も加わっていた。ヒカは三名おり、夏はこの三名が婚姻関係かガロウに尋ねたが、彼《か》の人はそれを否定した。

「三名のヒカは婚姻関係にはない。三名とも母親になれる立場にある」

椎名の証言では、イビス社会で指導的立場にあるものは母親になれるらしい。ただ母親になれば社会的地位を得られるわけではないという。

また指導的立場に就いた者だけが母親になれるのとも違うらしい。そうであったなら、母親になった個体は少なくとも一〇回くらいは出産を行わねば社会の人口は維持できまい。

椎名の仮説では、青ストラップ・青エプロンのイビスなどの証言から推測して、母親になれることが社会的指導者になるための必要条件であるようだ。

人類と直接接触する立場であることから考えて三名のヒカは、やはり社会的立場のある者たちなのだろう。

ヒカとかエッとは何を意味するのか？　夏は何度もそれを質問しようとしたが、思いとどまっていた。それがどのような意味を持つのかを理解するために、進化史を説明させようとしているのだから。

そのイビスの進化史については主に夏とガロウの話し合いの結果、水中での生命の発生から陸棲動物になるまでは、今回の進化モデル公開では触れないことが同意された。海中ではなく水中という表現が使われたのは、単なる翻訳上の誤差なのか、意味のあることなのかははっきりしない。

ただこの時の交渉の中で、イビスが陸棲動物から文明初期段階までの進化史を提示したならば、次に人類は自分たちの生命の誕生から陸棲動物になるまでの進化史を提示することとなった。わざわざ順番を前後させるのは、進化史の交換が、表現フォーマットの共通化の意図もあったためだ。イビスはそれを参考に、自分たちの生命誕生から陸棲動物になるまでを提示する準備をするというのだ。

夏と熊谷はその提案を承知し、アイレムステーションにも報告した。ステーションからは了解したという返事と共に、工作艦明石でのワープ実験の成果として、二つの星系間の移動頻度を高められるかもしれないという報告がなされた。そうなればセラエノ星系政府との連絡はより頻繁にできるようになるだろう。

こうした流れの中で、早くも二八日には、ガロウから最初の進化史のモデルができたとの報告が来た。

「ガロウはこのモデルに対して夏と熊谷の意見を期待する。それによりモデルは相互理解のための精度を高められる」

それは、イビスが作成した試作品を見て改善点を述べよということと夏は解釈した。妥当な判断と彼女も思う。

夏と熊谷が了解すると、視界は仮想空間の中にあった。最初に見えたのは湿地帯だった。

海と陸の境界が必ずしも明確ではない、広大な湿地帯が水平線の彼方まで続いている。ただ沖積平野というだけでは説明できないようだった。湿地帯には一定間隔で巨木が生えていた。そしてその木の根の周囲には複雑な植物叢が形成されているようだった。

イビス誕生前のどれほどの歳月の出来事かはわからないが、惑星盤古では生物の進化とそれに伴う環境の変化が続いていた。大河の河口付近では植物叢を構成する複数の生物群が、土壌の堆積や岩石の風化を促し、こうした植物叢の拡大が地形の変化を招いていたのである。

つまり河口・海岸周辺から河川を経由して内陸方向に生物叢が広がるだけでなく、海側から内陸に向けても生物叢が広がり、湿地帯が拡大するという進化が行われてきたらしい。

夏は、それが惑星バスラの自律的と言われる海洋生態系に似ていると感じた。人類の植民星系でそのような生態系の報告はない。イビスがどれほどの星系に進出しているのかは不明だが、盤古の生態系に類似した初めての惑星がバスラなら、植民困難な惑星であったとしても、イビスが強い関心を持つのは不思議ではない。

ここまででイビスの元となった動物は何も出てきていない。おそらく始祖イビスとでもいうべき動物の生存環境が重要であるとイビスは判断したのだろう。

夏がそう考えた時、トカゲのような生物が現れた。地球のトカゲとの違いは尻尾がないことくらいだった。そのトカゲのような始祖イビスは昆虫のような小動物を餌にしているようだった。

時間経過はわからないが、湿地帯の様子は急に変化する。巨木は数を減らし、細い樹木が湿地帯の多くを席巻する。そして環境の変化に合わせて始祖イビスは進化を遂げる。地球で言えばムササビのように、樹木と樹木の間を滑空して移動するようになったのだ。

おそらく巨木なら十分な餌を手に入れられたものが、細い樹木では頻繁な移動が求められたためだろう。始祖イビスは四肢を団扇《うちわ》のように広げ、それで揚力を得ていた。四肢の動かし方により、滑空しながらもかなり複雑な運動が可能となっていた。

ここまでの間、始祖イビスの生殖については何も触れられてはいなかった。そしていままでの歴史を再現していたかのような映像は、急に抽象的なものとなる。

まず一二体の腹の膨れた始祖イビスが現れ、膨れた腹の部分が剝離し、中からトカゲのような幼生体のイビスが現れる。それらは横一列に前進するが、餌となる虫のような小動物との遭遇がアトランダムなことから、やがて個体差が生じてくる。餌を多く食べた個体が大きくなり、そうでない個体は小さいままだ。

おそらく幼生体が成長する過程で他の動物に捕食される個体もあるのだろう。しかし、このモデルではそれは考慮していないようだ。そうして成長した幼生体はやがて四肢が扇のように広げられるようになる。そしてここで変化が起こる。

一二体の始祖イビスの中で、身体が大きい上位の四体が、それぞれ残り八体から二体ずつを選ぶ形で、三体一組となったのだ。これがおそらくイビスの婚姻の原型だろう。夏の解釈が正しいなら、始祖イビスは生まれた時は同じ大きさだが、環境に適応し、生存競争に勝ち、十分な発育を遂げたものが雌となり、伴侶となる二体の雄を選ぶのだ。とはいえ、これでわかるのは三体の関係性だけで、生殖そのものではない。

モデルは次にまったく別のものに切り替わる。雌一体と雄二体の三体の組と、雄雌一体ずつの二体の組だ。どうやら二体で生活するパターンと三体で生活するパターンの二種類がかつて存在していたのだろう。

モデルは基本パターンを、二体のものを青、三体のものを赤で表示した。次の場面で、おそらく簡略化した生態系のモデルなのか、広い平面の上に数千の青と赤の点が現れる。最初、青と赤は同数だったが、時間の経過とともに赤が優位になり、さらに比率が一線を越えると、青は激減し、全滅こそ免れたものの赤がいない領域で細々と数を維持する結果となった。

これを夏なりに解釈すると、始祖イビスは二体で生殖するグループと三体で生殖するグループに分かれていたが、前者は後者に圧倒されたことになる。ガロウたちがこのモデルを構築できたのは、おそらく盤古には生殖を二体で行う始祖イビスの子孫がいまも生存しているためだろう。

イビスはストーリーの作り方が人間とは違うようで、抽象的な記号から、より具象的な雌一体と雄二体の生態モデルが現れた。それは実に単純なものだった。雌一体に対して雄二体が餌を集め、妊娠中の雌に提供していたのだ。

雄雌一体ずつの二体組と比較すれば、三体組の方が雌の栄養状態ははるかに良好であり、それだけ子孫も多く残せる。つまり二体組より三体組の方が個体数の増加率が大きいため、二体組は数で競争相手に負けてしまったということらしい。

イビスのモデルでは、二体組と三体組の違いが何によって生じたのかは判然としない。突然変異の可能性が一番高いものの、外見上の違いは認められず、単純に環境適応の仕方が違うだけとも解釈できた。

場面はまた抽象的なモデルから、具象的な自然界の景観に変わる。惑星盤古は海岸線が大きく後退していた。地球の歴史では大陸部に蓄積した氷塊の融解拡大などが海面の大規模な変動を招くなど、複数の要因が指摘されている。海水面の上昇と下降は複数の要素が関わる複雑な過程なのだ。おそらくそれは盤古でも同様だろう。

じっさい映像の光景は最初の湿地帯と同じ場所なのだろうが、植生も気候もかなり変わっているようだった。湿地帯を維持していた植物叢は、新たな環境に適応し、乾燥した平原を作り上げていた。ただ、植物叢のネットワークが地下茎で水の輸送と循環を担っているらしい。

この状況で始祖イビスも進化していた。彼らは直立して高い視点から周囲を窺い、樹木の間を滑空できない代わりに、直立歩行で移動するようになった。四肢の翼は脚部に関しては退化したものの、腕部に関しては発達し、ジャンプしながら餌となる昆虫や小型動物を捕食していた。

イビスは鳥に似ているが、それはどうやら形状が似ているだけで、ジャンプする以上の飛行はできないようだった。

さらに重要なのは、イビスは群で生活する動物になっていた。集団で共闘するメリットで競争に勝ってきたことが背景にあるのかもしれない。それでも雌一体雄二体が最小限の単位で、集団はそうした単位から出来上がっているようだった。

とはいえ群の規模は、大きくても二〇から三〇体程度であり、環境の変化に伴う移動民であるようだった。

それはイビスの文化なのか、集団が海岸地帯から内陸部へ定期的に移動しているのはわかるのだが、時間の経過については把握する手がかりがない。おそらく三回から四回移動する間に、数万年が経過しているものと思われた。

なぜなら地表の植生も変化し、見慣れない動植物が登場するばかりでなく、イビス自身も変化していたからだ。体格は大型化し、道具を用いるようにもなっていた。夏が注目したのは、そうした道具の中に明らかに武器が認められたことだ。

石器による刃物は、汎用的な道具とも解釈できなくはなかったが、鋭利な槍は武器としか解釈できなかった。それに対する解答はすぐに現れた。

平原に巨大な鳥が現れたのだ。夏が知っている地球の動物で一番似ているのは雉《きじ》だった。ただし相対的にという話で、いうまでもなく雉ではない。

イビスたちの身長からの推定で、全長は一〇メートル以上ある。二足歩行で六本指の脚に比べて前腕は貧弱なものだった。全身は羽毛で覆われ、その色は保護色なのか緑色を基調にところどころに赤や黒の線が走っている。

イビスたちにも祖先の狩の仕方にはわからない部分があるのだろう。ただ幾つもの槍を刺されて巨大鳥は倒され、肉は石器の刃物で切り分けられた。イビスたちも羽毛で覆われた動物なので、巨大鳥の羽毛は捨てられていたらしい。画面はここで二分される。

一つの集団では、獲物は人数分に均等に切り分けられた。そして三体の家族の中で、さらにやり取りが行われる。母親に選ばれた個体に多くの獲物が与えられるというものらしい。

もう一つの画面の集団は、狩に功績のあった個体により多くの獲物が切り分けられ、群の勇者が母親となり、父親となる伴侶を指名した。

彼の人らなりに根拠はあるのだろうが、獲物の分配方法は集団により違っていたようだ。これをあえて併記するというのは、現在のイビスでも成果物の分配に関しては異なる考え方があることを意味しているのかもしれない。

どうやら当初は生存戦略の手段の一つだった雌一体に雄二体という基本型は、イビスが群を作り社会性を持つに伴い、生物的な欲求よりも文化的な様式という側面が強くなってきたらしい。

イビスの移動民時代がどれほど続いたのかは相変わらずわからない。ただ惑星盤古の環境に再び変化が起きたらしい。海面が上昇し、イビスが主として生活圏としていた平原部が縮小し始めたのだ。

ただこの海面上昇は比較的ゆっくりとしたものだったらしく、イビスは移動よりも定住傾向を示し、すぐに食料となる植物や小動物を貯蔵することを学んだ。食料を貯蔵する必要から定住したのか、定住の選択が食料の貯蔵を発明したのか、それはわからない。

一つ明らかなのは、先ほどの巨大鳥はすでに絶滅していたらしく、歴史の中から消え、貯蔵食料にもその痕跡はなかった。イビスが絶滅させたのか、環境の変化に巨大鳥が適応できなかったのかはわからない。イビスはあくまでも自分たちの進化史に関する情報だけを取捨選択しているようだ。

惑星規模の環境変化はイビスに決定的な影響をもたらした。自分たちにとって生存に適した植物叢を守るために、定住傾向を加速させ、同時に初めて自らの手で惑星環境に手を加える事業に着手した。

人類の場合、それは農業となるのだが、イビスでは生態系と密着した植物叢の維持拡大となった。ただこの行為はすべてのイビスで一斉に起きたわけではなく、環境改変に着手した集団が勢力を拡大する形で広がったらしい。

最初に行われたのは、生産性が高く、なおかつ海岸が遠浅の地域で、複数のイビス集団が協力しあって、海の浸蝕を阻止するためのダムを建設したのである。ここでもイビスは時間的経緯を説明するつもりはないらしく、技術的進歩は急激に起きたように見えた。

植物叢に重要な存在である樹木の伐採をイビスは行わず、最初は石と泥の堤防だった。しかし、イビスたちは標高の高い丘陵地帯にも植物叢の拡大を試み、その過程で障害となる大量の大木を切り出した。

ともかく丘陵地帯の開墾とそこから供給できた木材資源により、海岸地帯の堤防は著しく整備された。この過程でイビスの人口は増大し、それを支えるための社会機構が誕生した。

人間の基準ではイビスは農耕を行なってはいなかった。彼らは土木工事を行い、水系の整備などはしたものの、田畑の類は作っていない。あくまでも植物叢を拡大し続けただけである。

ただその植物叢から芋虫のような動物や芋のような食用になる動植物を確保し、必要な食料を得ていた。

興味深いのは、イビスは自分たちが拡張する植物叢に対して、取捨選択を行なってきたようで、食料生産性の高い植物叢だけが大陸を席巻するような形となっていた。だからイビス社会は農耕ではなく狩猟採集経済に属するのではあるが、共棲関係の中で、生産性の高い生態系を構築するに至っていた。

そして惑星規模で陸地を覆った植物叢は、イビスとの共棲関係により、気象を含む惑星環境の安定化に大きく寄与するまでに進化したらしい。

かつての地球には里山という管理された人工生態系が存在したと聞くが、イビスの植物叢はそのレベルを超えている。

そうした活動の中で、イビスの人口も増大すると社会も複雑化し、土木を中心に様々な技術も進歩し、都市文明が誕生するに至った。そして都市の増大により、分業と交易が発達し、交通の機械化を発端に産業革命に相当する技術革新が起こる。

産業革命は、数万年にわたってイビスが拡大整備してきた植物叢にとっては逆風となった。工業地帯の拡大と植物叢の維持は両立しなかった。植物叢が広範囲に荒廃するようなことが惑星各地で生じたのだ。それは文明の継続に疑問を抱かせるほどの規模であったらしい。ただイビス社会はこの問題を解決した。

モデルではその詳細まではっきりしないが、生産拠点の地下化や都市構造の変化、さらには社会構造の変化も伴っているようだった。つまり技術一辺倒ではなく、社会体制の改良を含む様々な手段を動員してのことらしい。

夏にとっては、それはある意味で安心できるものだった。合理的で高い技術を持つイビスであったが、その彼の人らも文明の発達段階で失敗をした。決して万能で無謬《むびゅう》な存在ではないのだと。

そしてモデルはまた抽象的なものとなる。それはイビスの社会モデルであった。イビスは人類の住居のように台所とか寝室などを作ることはなかった。一つの城郭のような構造物の中に、数十体から一〇〇体前後のイビスが、複数の家屋が集まった村のような空間で暮らしていた。それぞれの家屋は機能分化し、台所や寝室に相当する。つまり生活をするときは、村にある家屋の間を目的に合わせて移動するのだ。

夏の朧《おぼ》ろげな記憶では、地球の古代マヤ文明が類似の村の構造を持っていた。その点ではイビスは人類とそれほど隔たった発想で生活していたわけではないようだ。

城郭を建設している理由もまた人類と同じであるなら、イビス社会にも戦争か武力紛争があったということになる。もっとも、植物叢からイビスの居住空間を分離するために城壁が必要だったとも解釈できる。なぜなら城壁の構造が戦闘を意図している割には単純すぎるからだ。陣地であれば堀を巡らし、見張所の一つもあって然るべきだが、そうした構造は見当たらない。

食料などを植物叢に依存していたイビス社会は、生物としては生殖に周期性はなかったが、植物叢の生産力の増減が生殖のタイミングを左右していたらしい。食料供給が比較的安定している時期に、村の中で功績があり、食糧の割り当てが多く、栄養状態の良い個体の中から母親になる資格を認められたものが、夫となる二体を選ぶ。

どうやら夫に選ばれた個体は、将来の母親候補でもあるらしい。こうして婚姻関係の三体には村の専用の住居が与えられる。二人の夫のうち一人は、母親の身の回りの面倒を見ることに専念し、もう一体は城壁の外へ働きに出る。

これだと受胎から出産までの期間は、労働力は三分の一に減少するものの、子供が安全に生まれたならば、生産に従事できる年数にもよるが、労働力は恒久的に三割以上増加する。長い目で見て、一時的な労働力の減少は人口増で容易に取り戻せるという計算のようだ。この労働力の減少も考慮して、婚姻関係の締結は食料生産の安定期に行われるのだろう。

興味深いのは、このモデルによると、イビスの婚姻は永続的なものではなく、子供が独立すると（それが社会的に何を意味するかはモデルでは描かれていない）、婚姻関係は解消されている。人類のような生涯の伴侶という概念はイビスにはないのだ。

「これでは話が合うはずがないな」

夏は思った。一般的に長期間（それこそどちらかが死別するまで）婚姻関係を維持している人類と、受胎から出産（あるいはその後の一定期間）までしか婚姻関係が継続しないイビスでは、婚姻だの家族だのという概念が一致するはずもない。そして悪いことに、AIは時として常識が通用しないから、こうしたデリケートな問題に対して、不用意に似たような概念と判断して、婚姻だの家族だのという単語を当てはめてしまう。

エッ・ガロウの配偶者であるエッ・ラグは母親だった経験があるという椎名の証言も、人類には理解が難しい話だったが、婚姻が一時的なものであれば、驚くようなことではない。

それを考えると、ガロウのいうクランの意味についても、ここまでの事実を踏まえて検討する必要があるだろう。モデルで解釈すればあの村のコミュニティがクランであり、その中で婚姻関係を結ぶ三体が組み換えられるのではないか。

「ガロウに問う。クランとはこの城郭内の社会を意味するのか？」

モデルの映像はそこで消える。

「ガロウたちが作成したのは、ここまでである。概《おおむ》ね初期の工業化社会までの進化史となる。夏が言ったクランの意味は工業化前の段階においては肯定されたが、工業化社会以降では、そうした狭い意味では現実に合わなくなっている。多くの情報を省略して言うならば、一般的なイビスは、複数の居住地を束ねる性格や目的の異なる複数のクランに帰属している。それどころかクランが必要に応じて里《り》や邑《ゆう》を形成することもある」

里が何を意味するのか、夏はすぐにはわからなかった。集落を意味する邑という言葉と併記している話の文脈から、どうやら古代中国の行政単位の里を意味するらしい。いわゆる郡県郷里制度における最小の行政区画の里だ。

「ガロウは提案する。工業化社会からのイビスの進化史は複雑である。この先を作成するために、イビスの作成したモデルに相当するものを人類が作成し、提供してほしい」

夏は熊谷と相談し、その要求を受け入れることとした。確かに人類にせよイビスにせよ産業革命から数十年程度の、まだ社会が比較的単純な時代について情報提供を行うことは意味があるだろう。

この段階で互いの社会の枠組みについて相互理解を深めることは不可欠だろうし、このプロセスを抜きにして、現時点での社会構造を二つの文明で理解し合うのは困難だろう。

そして、ここで熊谷がある質問をした。

「ここまでの進化史の中で、イビスは闘争の歴史を持たなかったのか？」

それは確かに重要な問題であり、遅かれ早かれなされるべき問題であった。ただ夏は、その質問がいまこのタイミングで為されるべきかには疑問がある。とはいえ為されてしまったものは仕方がない。

「ガロウは熊谷に確認したい。尋ねているのは、競争のことなのか？」

イビスの態度を読むことは夏にはできなかったものの、直感としてガロウが論点を誤魔化すためにこうした質問をしているとは思えなかった。純粋に意味について尋ねているように思えた。

このことは熊谷も感じたのだろう。彼はより具体的な質問をする。

「イビスはその進化史の中で、同じイビスに対して、自分たちの生存のために暴力を行使することはあったのか？」

「熊谷のいう暴力とは、相手の生存活動を止めるようなものも含むと解釈してよいのか？」

ガロウはあくまでも意味の確認のために尋ねているようだった。確かに意味を蔑《ないがし》ろにしてよい問題ではない。

「そう解釈してもらって構わない」

熊谷の言葉にガロウは説明を続ける。

「イビスの進化史において、生産力が低い水準の時代には、新生児を殺傷した事例もあった。ただ先に示したように我々は子孫を残すにあたっては、生存環境が悪化した場合には、そもそも新生児の数は調整される」

夏は、イビスとの相互理解の難しさを思った。熊谷が問題としているのは、戦争に類するイビスの暴力性についてだった。しかしガロウは、進化史の文脈の中で「生存環境が悪化した場合の間引き」について説明してきたのだ。

これは進化史という言葉について、どこまでの範囲を意味するのかを不明確にしていた結果だろう。突き詰めると、人類とイビスは物事をどこまで抽象化できるのか？　の問題に帰着するのかもしれない。

「ガロウに尋ねる。イビス社会は工業化の初期段階までの歴史の中で、戦争の経験を有するか？」

夏はこの問題をストレートに尋ねた。たぶんこの質問に対して満足のゆく返答は期待できまい。意味のすり合わせもできていない言葉が幾つもあるからだ。しかし、それでいいと彼女は考えていた。確認したい問題が戦争の歴史の有無であり、それを知るための単語のすり合わせ作業は、多くの副産物を産むと期待してのものだ。

「ガロウは夏に問う。歴史という大きな枠組みの中で、対象物の生物的な進化の流れを捉えたものが進化史と認識してよいか？」

どうやらイビスにとっても、歴史と進化史で概念は別であるようだ。ただガロウの質問からすれば、彼の人らは、人類がこの二つを明確に区別していないものと認識していたようだ。それが、どうやら人類もこの二つは別物と考えているとわかったらしい。ガロウは言う。

「その理解で構わない」

「人類のいう戦争という概念をイビスの言葉で表現するのは困難であるが、大枠として武力衝突と解釈してよいか？　むろん概念は必要に応じて再定義される」

「了解した」

夏がそう述べると、ガロウは武力衝突の概念を説明する。他のイビスと相談している様子はないのが意外だった。ただガロウの発言から察するに、戦争が複雑な概念であることを理解している点で、彼の人らも戦争に類する歴史はあるのだろう。夏はそう解釈した。

「二つの集団が利害の対立により武力衝突を行なったことは、イビスの歴史の中には幾度かある。ただしほとんどは邑の段階であり、集団が拡大するに伴い、武力衝突は行われなくなった」

「集団が拡大したことで武力衝突が行われなくなったのはなぜか？」

この質問に対しても、ガロウは他者に相談するふうではなく、自分の考えを述べた。それだけイビス社会から信頼もしくは権限を得ているのだろう。

「その詳細は今後、モデル化して提示する予定である。それでも大枠を述べるなら、主たる理由は二つある。

一つは、植物叢の管理がイビス社会の発達段階で異なっていたことだ。

まず社会が邑で完結しているような段階では、植物叢の管理技術が低く、同じ食料を手にいれるための管理の労力と、他の邑から奪う労力にそれほどの違いはなかった。この段階では略奪は経済的に引き合うように思えた。

ただ社会の規模が拡大し、技術が進歩すると、武力紛争に必要な労力は著しく高くなるばかりか、そうした闘争が植物叢に与える被害も馬鹿にならず、略奪や紛争は経済的に引き合わなくなったのだ。このため集団の規模が一線を超えた段階で武力紛争は行われなくなった」

夏はガロウの理屈を過《あやま》たずに理解した自信があった。生産力が慢性的に不足している社会で、戦争でその貴重な労働力を失えば、社会はいままで以上に生産力を低下させてしまう。それでは戦争の意味がない。

じっさいのところ、その理屈は表現こそ多少違うものの、人類が戦争を行うデメリットとして何世紀も指摘されていたことだ。しかし、イビスは不合理ゆえに大規模な戦争を選択せず、人類は不合理にもかかわらず時に戦争という選択肢を選んでしまう。

これをどうやってイビスに伝えるのか？　正直言って、人類でさえ、戦争を根絶できぬままに、自分たちの文明崩壊を回避できた理由をわかっているわけではないのだ。

「理由の二つ目は、工業化社会の進歩に伴い、個々のイビスが複数のクランに属する中で、二大陣営に分かれるような形での利害対立が成立しないためだ。複数の種類の利害対立が存在するために、個々のイビスが二つの陣営のいずれかに属するという状況は成立しない。人類の表現に近づけるなら、敵味方という分け方はイビスには成立しない故に、戦争もない」

ガロウのその話自体は夏も理解できた。数世紀前の地球でも、政治的な対立関係は存在していたが、同時に貿易も盛んであったため開戦を回避してきたというような構図などが、イビスが戦争を避けてきた理由だろう。

国家間の政治的対立と戦争による国益損失の比較検討から、紛争が戦争には至らなかったこともある一方、それでも戦争が起きた事例も一つや二つではない。

セラエノ星系の一五〇万人の人類は、ここまでイビスの悪意や敵対的な態度を懸念してきた。しかしながら、ここまでの話を聞く限り、イビスこそ人類の敵対的態度を懸念するのが妥当な気がしてきた。

「付言すれば、工業が発達した社会において、武力紛争は少なくない環境破壊を伴う。何世代にもわたる苦労の末に築いてきた植物叢の大地も、破壊的な技術を用いるなら、一瞬で全滅させられる。とてもではないが割の合う話ではない」

ガロウは駄目押しのようにそう締め括った。だが、熊谷はさらにガロウに迫る。

「いま破壊的な技術とガロウはいったが、そのような兵器をイビスは保有しているのか？」

それに対するガロウの反応は、たぶん「不思議そうな」とでもいうべきものではなかったかと夏は思った。

「惑星環境を効率的に破壊するような機械をイビスは保有していない。なぜならそうした装置は、使えば有害であり、使わねば無駄でしかないからだ。
一方で、工業化社会は巨大なエネルギーの使用を可能とする。たとえばバシキールの生産するエネルギーを惑星バスラの地表に向けて放てば、その生態系は完膚《かんぷ》なきまでに破壊されてしまうだろう。それで惑星の生物が根絶されないとしても、長期的には大量絶滅により生物進化に大きな影響を及ぼすことになろう。

イビスが直接調査できた人類の宇宙船はギラン・ビーだけであるが、あの小さな宇宙船から生産されるエネルギーだけで、小規模な都市を維持できるのではなかろうか。

つまり発達した工業社会は、それが存在する惑星環境を破壊できるだけのエネルギーを不可避的に内部に秘めている。少なくとも人類とイビスの文明はそうした性質を持つようだ。だからこそ我々は相互理解を進めねばならない」

夏は不思議な気分を覚えていた。ガロウの語ることは少しも異常ではなく、人類である夏にも十分理解できる。ある部分は人類が実現してきたことでもある。

しかし、人類は核兵器を実用化したのちも、何度となく比較的規模の大きな戦争を繰り返してきた。それらの戦争が限定的であったのは、ガロウが語るような複雑な利害関係によるものだろう。だがイビスには戦争はなく、人類は戦争を行なった。

この違いは、人類とイビスの生物学的な差異だけでは説明がつかないのではないか。夏はそう思った。イビスと人類の生物学的な隔たりは大きいものの、ガロウの話そのものは人類にも十分理解できるものであり、共通する事実もあるからだ。

彼女はここで、ある可能性に思い至っていた。イビス社会あるいはその歴史の中に、地球には存在した国民国家という枠組みが存在していなかったのではないかという可能性だ。国家という枠組みがないなら、戦争もない道理だ。個人としてのイビスが複数のクランに属しているというガロウの説明とも整合性がある。

とはいえ夏も、ここで「イビスに国民国家はあるのか？」という質問をしようとは思わない。その前に摺り合わせなければならない言葉や概念が山のようにあるからだ。イビスのＡＩが、不完全ながらも戦争という単語を翻訳できたことだけでも奇跡に近い。

ガロウはさらに続ける。

「正確な説明は未だ困難であるが、我々が惑星バスラにいるのは宇宙を知るためだ。盤古にて我々は宇宙創生時にも等しい極限状態で、極小宇宙を作り出す実験を行なったことがある。それで分かったことは、宇宙創生で無限に等しい微小宇宙が生まれ、消失したことだ。消滅を免れ、生命が誕生できる宇宙というのは極端なまでに稀な現象だ。文明間の武力衝突はそうした宇宙の構造の維持に反する行為と我々は考えている」

夏はかつての人類が粒子加速器で行なったような実験から、イビスは宇宙の構造について学んだと理解した。それが何かはわからないが、それが彼の人らに武力紛争を思いとどまらせるようだ。

「話を戻したいが、人類からは初期の工業社会までの進化史を提供してもらえるとガロウは理解した。ここまでで提示モデルの枠外の議論も進んだが、モデル作成に関しては、そうした議論は含めなくて構わない。いたずらに議論の枠組みを拡大することは、却《かえ》って相互理解を難しくするだろう」

「その点に関して異論はない」

夏と熊谷は同意した。しかし、夏は付け加える。

「モデルをセラエノ星系で精査し、必要なものを作成するのに時間がかかる。それは了解してもらいたい。明日、宇宙船が到着する予定だ。その便でモデルデータをアイレム星系からセラエノ星系へ転送できる」

「ならば、人類の時間表現で、新暦二〇〇年一月二日には受け取れると考えてよいか？」

今日は二九日だから、移動に一日としてモデル作成は正味、三日もない。タイトなスケジュールだが、ガロウが求めているなら、それを優先すべきだろう。三日が短いとしても、ならば三〇日かければ完璧になるという類のものでもないからだ。

「了解した」

夏は自身の権限でガロウにそう返答した。

一二月三〇日・首相官邸

アイレムステーションに物資補給と情報回収のために派遣されたのは、当初予定されていた工作艦津軽ではなく、ケルンの僚船である輸送船ランクスだった。これはワープパラメーターの確認の意味もあった。

アイレムステーションへは当面、ケルンとランクスが交代で補給と連絡にあたることとなった。津軽は工作艦として、明石の抱えるプロジェクトの一部を生産施設として引き受けるためだ。

さらにケルンとランクスの改造が終わり次第、アイレムステーションには常時、どちらかの宇宙船がドッキングすることとなった。これにより宇宙船をステーションの一部として使えることから、その作業能力を向上させることが期待できるほか、緊急連絡の手段を確保することが期待できた。

緊急連絡手段の必要性をセラエノ星系政府に痛感させたのは、ランクスが持ち帰ったイビスの進化史情報だった。

アーシマ首相は政府関係者とラゴス市、アクラ市の市長以下の幹部職員に、まずそのデータを公開した。彼女の考えは明確で、イビスからの情報は原則として全面公開することで閣内の意思統一もできていた。

イビスの存在を市民全体が知っている以上、その情報を政府が独占する必要性は薄い。そもそもマネジメント・コンビナートに提供される情報であり、独占そのものが無意味だ。

それでも最初に行政機関のトップが仮想空間に集められたのは、この情報をどういう形でマネジメント・コンビナートに流すべきかを検討することの他に、自分たちは何をなすべきか、それに関する意思統一のためだった。

「基本的に我々は三つの作業が必要だと思う。つまり分析、返答、検討だな」

イビスの進化史に対して、意外にももっとも積極的に反応したのはアクラ市長のザリフだった。

「具体的には、どう考えているんだね？」

官房長官のシェイク・ナハトが質《ただ》す。彼もザリフが積極的に議論に加わってきたのが意外だったようだ。

「まず、イビスの進化史を我々の手で分析しなければならん。進化史、進化史と言っているが、同じ言葉で別の意味かもしれん。それにイビスの視点では当たり前すぎて、見落としている何かがあるかもしれない。いずれにせよイビスから送られてきた彼の人らの直接的な情報だ。そこから学ぶものは少なくなかろう」

アーシマはザリフの「彼の人ら」という表現に内心で驚いていた。いまマネジメント・コンビナートではその表現が広まっている。始めたのは椎名ラパーナであるというが、ザリフがこうした表現を当たり前に使っているのは、アクラ市が思った以上にマネジメント・コンビナートにコミットしていることを示している。

いままで首都ラゴスからマネジメント・コンビナートへの行政システムの移行を、アーシマは漠然と考えていた。しかし、どうやらそうした先入観から見直すべき時期に来ているのかもしれない。ザリフは続ける。

「分析作業とは不可分だが、イビスへの返信を考えねばならない。たぶん直立歩行した猿人から一九世紀末ごろまでの範囲で、イビスから提供された進化史のフォーマットで歴史を語るわけだ」

「なるほど、それで検討とは？」

「先のことになるが、我々はイビスから何を期待でき、何を要求すべきか？ 専門家ならもっと上手いことを言うのだろうが、早い話が貿易の準備だ。セラエノ星系が文明を維持するために必要な物資がイビスから手に入るなら、我々は貿易をすべきだ。

同様に、セラエノ星系からイビスに提供できるものは何か？ そうした調査など、貿易を可能とする体制の検討だな。

自分の理解が正しければ、イビスはセラエノ星系が自分たちの重要な貿易相手となれば、武力行使はしない。そうした関係性が構築できるなら、青鳳を非武装化し、輸送船にしてもいいだろう。レーザー光線砲は、地上と軌道を結ぶレーザーシャトルの動力源に転用するなら無駄もない」

アーシマはこの時、自分はいささかモフセン・ザリフという人物を見くびっていたと感じていた。セラエノ星系とアイレム星系の貿易についてはアーシマも検討していたし、軌道エレベーターなど建造できないのだから、自分たちの技術ではレーザーシャトルが現実的だろうとも思っていた。

しかし、ここでザリフが青鳳の非武装化を提案してきたのは、わかりにくいが星間貿易とは別の文脈だ。

偵察戦艦青鳳の乗員はセラエノ星系市民となることが暗黙の了解で進んでいるが、幹部要員については手付かずの状態で、青鳳そのものの帰属も不明確なままだ。セラエノ星系政府の指示や要請に青鳳は従うことになっているが、法的根拠はなく自分と夏艦長との紳士協定に過ぎない。

一つには、夏艦長がギリギリまで宇宙軍の一部として青鳳に自由裁量の余地を残そうとしていることが大きい。青鳳ほどの戦闘艦になれば、戦闘時に乗員の大半が任務継続不能になっても、ＡＩの支援により数人の乗員だけで艦を運用できるという。

つまり青鳳と夏艦長にはセラエノ星系政府から独立して行動できる余地が残されていた。

もちろんアーシマは、夏艦長が武力で政府に圧力をかけるような真似をするとは考えてはいない。だがまさに問題は、青鳳の砲門をどこに向けるのか、それに対する意思決定はアーシマと夏の信頼関係という不明確なものに依っていることにある。

夏艦長の考えはアーシマにも想像はつく。セラエノ星系と地球圏の交通が途絶しただけなら、青鳳をセラエノ星系に移譲すれば話はつく。だがイビスという異星人文明の存在が現れた以上、職業軍人が最強の武力を管理すべきと彼女は考えているのだろう。

だからこそザリフは、イビスの危険性を危惧しなくともよいと判断した時点で、セラエノ星系が管理できない青鳳という暴力装置を解体しようと提案しているのだ。誇張して表現すれば、セラエノ星系の宇宙軍を解体し、地球圏から完全に独立した社会を作ることをザリフは考えているのかもしれない。

「軍艦のレーザー砲を転用するのは確かに合理的だが、長期的な視座で見たならば、セラエノ星系の独自技術で開発することを目指すべきではないのか？」

ナハト官房長官の意見も技術論のようでいて本筋は別にある。彼は青鳳の武装解除という問題をザリフのような性急さで行うことを懸念しているのだ。ただそれとて性急さへの懸念であって、青鳳の解体への反対意見ではない。そもそも彼は夏艦長に礼は尽くしていたが、青鳳の来航には最初から批判的だった。

ザリフにはそうした官房長官の意図がすぐに伝わったらしい。おそらく反論も予測して、それへの返答も準備していたようだった。

「もちろん青鳳のレーザー光線砲に頼ってばかりはいられない。最終的に自力開発の機材で貿易は賄《まかな》われるべきだ。

しかし、イビスとの貿易体制の構築はすぐに着手すべきと考える。なぜならば異なる文化の異星人であるから、貿易ルールの構築に相応のトラブルは覚悟しなければならない。だからこそ、規模の小さなうちに貿易を開始し、将来の貿易量の拡大に備えなければならない。だとすれば、すでに存在する青鳳のレーザー光線砲を転用するのが時間の節約になるだろう。

さらに言えば、開発を行うとなれば工作艦明石が中心となるだろうが、あの船はあまりにも多くのプロジェクトを抱えている。彼らのプロジェクトの順番が来るか、彼ら以外の開発チームを組織するか、いずれにしても自主開発には時間が必要だ。

最終的には完全な自前の打ち上げ施設に移行するとしても、それまでは青鳳のレーザー光線砲を用いるのが一番合理的と考える」

議論はザリフ主導で決着するかと思われたが、意外な人物が異論を唱える。商工大臣のベッカ・ワンだった。

「ザリフ市長の主張するイビスとの貿易というのは、非常に有意義な構想であると商工大臣として認識している。ただしそれは貿易が成立し得ると判断された場合だ。イビスと人類の文化の違いは問わないとしても、イビス社会が自己完結しており、外部との貿易を必要としていない可能性も少なくない。

なぜなら彼らは巨大な地下格納庫に収容された都市宇宙船の中で生活しており、わかっている範囲で惑星資源を活用している様子はない。惑星バスラの生態系からは切り離されている。

このような自己完結した文明との間で貿易が成立し得るかは、十分な検討の余地がある。つまり我々にとって貿易が可能なのは最善ではあるが、それが本当に可能かどうかを判断できる状況にはない。それだけの知見がまだないわけだ。

したがって、いまの時点で貿易についての検討を行うのは時期尚早であると私は考える。ただし、ザリフ市長が提案した地上と宇宙を結ぶ基礎インフラの整備には全面的に賛成する。

なぜならば我々は工作艦明石の尽力により、文明を支えることとなる半導体などの基礎的資源を宇宙空間で製造している。無重力や真空環境が先端技術開発に有効であるからだ。だが、宇宙への移動が中古のウーフー頼みという現状は危機的と言える。文明を維持するためには、早急なインフラ整備が必要であるし、そのためには青鳳の解体が効果的と考えるものである」

それは興味深い意見だとアーシマは思った。ベッカの意見そのものではなく、貿易を時期尚早と言いながら青鳳の非武装化には賛意を示した彼女の意見に、ザリフがどう反応するのか？　つまりザリフがより重きを置くのは貿易か、青鳳の武装解除か。

「商工大臣の意見はもっともなものと思う。自分も貿易が可能かどうかが不明の段階で、必要以上に貴重なリソースを割くべきではないと思う」

ザリフはそう返答した。そして続ける。彼は反論されたことには特に驚きはないように見えた。

「ただ、イビスが自己完結的な生活をしているのは、外部からの支援が期待できず、惑星バスラの生態系が敵対的という環境の中での苦渋の選択の可能性もある。一つ明らかなのは、イビスの進化史を見ても、彼らも外部からの物質的な供給がなければ生きてゆけない動物であるということだ。

私自身は、不確定要素は少なくないものの、貿易が可能か不可能かで言えば可能となる確率が高いと思う。したがって研究だけは進める価値があると考える。仮に貿易が成立しないとしても、現在の我々は何が自給可能であり、文明の維持のためには何を外部に依存しているかを研究するのは必要な作業ではないだろうか。まずそこから着手するのが最善ではないかと思う」

「商工大臣として、アクラ市代表の意見に賛成する」

結果としてザリフは、貿易を青鳳の武装解除の口実にしているわけではなく、真剣に考慮していることはわかった。ただセラエノ星系としては青鳳の処分で意見の一致を見る流れだ。

それが青鳳の問題に軸足を置くのか、打ち上げインフラ強化に軸足を置くかの違いはあれど、流れは定まった感がある。ただセラエノ星系政府にとって、これは厄介な問題だった。

夏艦長と熊谷船務長という青鳳の序列の上二人をバシキールに送り込み、その上で艦の武装解除を行うというのは、それが目的ではないとしても、そう解釈されても仕方がない。そのような道義にもとるような真似は政府としてはできない。少なくともアーシマにはその意思はない。

「現時点で青鳳の武装解除について政府として可能なのは、希望を伝えることだけだ。我々に決定権はない。夏艦長が決めるか、あるいは青鳳乗員の投票によるかはともかく、決定権は彼らにある。

　したがって政府としては、バシキールの夏艦長および熊谷船務長にいまの議論を伝え、その上で彼らの回答と提案があればそれを受けることとしたい。

　忘れてほしくないのは、一連のやり取りはイビスにも共有されるということだ。仮に貿易が活発化したとすれば、青鳳の武装解除は彼の人らも知ることになるだろうし、一連のプロセスの公開は避けられない。そうであるなら人類は公正なプロセスで物事を進めることを示す必要がある」

「首相の考えは立派だと思うが、人類の公正さをイビスが理解するとは思えないが」

　そう疑念を呈する官房長官に、アーシマは自身の考えを明らかにする。

「イビスに公正さを理解してもらう必要はない。理解してくれるならそれに越したことはないとしても、それを我々は期待できない。

　重要なのはそこではない。我々の社会にはルールがあり、我々はそのルールにしたがって行動する。つまり人類社会はルールで動くのが原則であるということは、イビスにも理解できるだろう。またそう理解してもらわねばならない。

人間がルールで動くという認識を持ってもらえるなら、イビスには我々のルールを提示すればいい。そうすれば彼の人らは我々の行動をルールを通じて理解できる。その上で彼の人らに対しても同じようにルールに従う行動を要求する。その要求が満たされるなら、本当の意味で相互理解が成立しないとしても、二つの文明の深刻な衝突を回避できる」

「アクラ市は、首相の意見を支持する」

ザリフが真っ先に賛意を示した。そしてこの時の会議の流れは、ほぼこれで決した。そして人類とイビスの関係は新たな段階へと進んでゆく。

6　交流の深化

新暦二〇二年九月一三日・惑星レア第二軌道ドック

「シミュレーションと変わらんな」

夏クバン艦長は、久々の艦長席に感慨深いものを感じていた。彼女がいるのは通報艦ディアナのブリッジだった。直径一〇メートルの円形の部屋がブリッジだ。壁一面が汎用モニターとなっており、それに向かって等間隔に椅子が八個並んでいる。中央に三六〇度回転する艦長席がある。それがブリッジのすべてだ。

以前に乗っていた偵察戦艦青鳳と比較すると、二世代くらい古い感じだ。ただセラエノ星系の技術だけで二年足らずで建造したことを考えたなら、二世代前くらいの水準でも驚異的と言ってよいだろう。

通報艦ディアナはセラエノ星系の技術だけで建造したワープ宇宙船だった。通常の分類では内航船程度の性能だが、ボイドという環境ではアイレム星系へのワープが可能だった。ディアナは全長で一二〇メートル、一番太い部分は二五メートルのラグビーボールのような形状をしていた。

現時点の設計では、小型の貨物コンテナ一つと一〇〇人の人間を輸送する能力があった。むろん客船ではないので、一〇〇人分の座席があるというだけだ。ディアナが通報艦という艦種なのは、輸送任務よりも星系間の情報伝達が中心になると考えられたためである。

船体の大きさのわりに輸送能力はかなり低いが、じっさいディアナの船体はほとんどが機関部に占められていた。セラエノ星系の技術では、地球圏の宇宙船のように集積度を上げて様々な部分を小型化するのには限度があったためだ。耐久性を確保するために、大きくしたり太くする必要がある部分も少なくない。

それでも通報艦ディアナは安定したワープが可能であった。そしてその運用経験により、さらに大型化することも開発計画には含まれていた。ただそうした計画も何もかも、運用試験の結果にかかっている。

「艦長、いかがですか？」

そう言ってブリッジに現れたのは、通報艦建造プロジェクトの責任者である椎名ラパーナだった。彼女とは不思議な縁で結ばれていると、夏は感じていた。状況は異なるが、二人ともイビスの社会で生活してきた。

そしてディアナ建造に関しては、夏は艤装委員長に選ばれ、椎名は建造プロジェクトのマネージャーとして関わっていた。艤装委員長とは何名かいる艤装委員の長であり、艤装委員は艦の就役と同時にその幹部乗員となるのが通例だった。つまり艤装委員長とは、通報艦ディアナの最初の艦長となる役職であった。

もっともディアナを通じて二人が接触を持つのは、それほど不思議な話ではなかった。イビスとの交渉にあたる立場の宇宙船であるだけに、彼《か》の人らの生活を知悉《ちしつ》している人間が建造と運用に深く関わるのは当然とされた。

「忠実にシミュレーション通りに作り上げられている、ってところかな。あとは性能もシミュレーション通りかどうかかね。試験航行にはあなたも同行するの？」

夏は自分が艦長となる宇宙船の第一印象を、椎名プロジェクトマネージャーに伝えた。それもまた艤装委員長の職務だ。

「はい、その予定です。そのつもりで開発してきましたし、設計通りに機能するかどうかの確認も必要です。データはマネジメント・コンビナートのチームにも公開されるので、試験の結果によっては小規模な改造は行われるかもしれません」

「こういう言い方は時代遅れかもしれないけど、うちの連中は活躍してる？」

「はい、青鳳の乗員の協力がなければディアナ建造もここまで順調には進まなかったと思います」

夏は椎名の言葉が社交辞令の類《たぐい》でないことがわかった。同時に、セラエノ星系で宇宙軍は完全に解体したのだと理解した。

夏と熊谷がバシキールに初の公式駐在員として赴任している時、セラエノ星系では偵察戦艦青鳳の武装解除の話が持ち上がっていた。アーシマ首相がそのために自分と熊谷をバシキールに送ったのではないことは、二人とも理解していた。

理由は色々あるが、詰まるところアーシマの人間性を夏が信頼していたためである。だからバシキール駐在中にわざわざ青鳳の武装解除問題について意見を求めてきたのだろう。手続きの煩雑《はんざつ》さやイビスに与える影響のリスクなどを考えれば、武装解除のために艦長と船務長をバシキールに送り込んだとは考えにくい。極端な話、夏と熊谷が武装解除に反発して、駐在員の任務を放棄することだって考えられた。

じっさい後に議事録を閲覧させてもらったが、武装解除を主張したのはモフセン・ザリフ、アクラ市長だった。それも貿易という文脈の中の話であり、青鳳の武装解除が目的の発言とは思えなかった。

　ただ夏艦長は熊谷船務長とともに、バシキールの駐在員になると決まる前から別途、準備を進めていたことがあった。それは青鳳乗員全員の退役である。

　地球圏との交通が途絶したいまの状況で、地球圏の法律をセラエノ星系がどこまで尊重してくれるかは不明だった。しかし除隊なら単に軍籍を離れるだけで終わるが、退役だと年金その他の保障が受けられる。こうした退役後の処遇は植民星系政府の責任で為されることとなっていた。これは、宇宙軍の人間がそのまま植民星系の入植者になっていた時代の名残である。

　そして退役手続きは本来は宇宙軍司令部の職掌であるものの、植民星系において緊急時には、准将でもある夏艦長が青鳳乗員全員の退役を認めることができた。夏艦長は、いずれこの権限を行使することになると考え、部下たちにも密かに打診していたのだ。

　だからアーシマ首相には、退役軍人に対する法律関係に変化がないことを確認したのちに、部下たちに手順通りに退役手続き（夏准将の裁可は降りているのでＡＩによる事務処理で終わった）を行なった。乗員の退役処理が終わると、夏准将の権限により青鳳はセラエノ星系政府に譲渡された。

　セラエノ星系政府と青鳳の間にあった帰属に関する緊張関係は、驚くほど簡単に解決した。結果を言えば、これは夏クバンがどの時点で見切りをつけるかという問題であったのだ。

ただ一連の手順の中で一つだけ問題があった。夏准将は自分自身を退役させることができないということだ。なので青鳳乗員の中で、彼女だけが将官としての自分に除隊届を出して、それを受理する必要があった。

その間にバシキール駐在員としての任務も進めていたが、幾つかの案件は早々に頓挫してしまった。

一つには進化史がある。イビスから提供された進化史に準じて人類の進化史も作成され、イビスに送られたが、それは相互理解を促進するどころか、却《かえ》って彼の人らを混乱させてしまった。これには実はイビス側にも原因があった。

イビスも人類も、自分たちにとってはあまりにも当たり前すぎたために、あえて説明しなかった事実関係が幾つも明らかになったためだ。

その最大のものは、イビスという直立する鳥のような知性体は、人類同様に一つの種であると理解されていたのに対して、実は三種類の類縁種から成立している包括的な概念だということだった。たとえるなら、人類という知性体にはホモサピエンスとチンパンジーとオランウータンが含まれるようなものである。このことは、人類側が進化史を提供したことによるイビス側の混乱と問い合わせの中で明らかになった。

イビスには外見の酷似したABCの三種がおり、同じ種はもとより、異種でもAとB、AとCは交配可能だが、BとCの交配はできなかった（ただBとCも婚姻関係を結ぶことは社会的に認められている）。進化史的にはイビスBとイビスCは共にイビスAから分岐した種であるらしい。なので、知性体としての能力は三種でほとんど違いはなかった。より正確にいうならば、能力に関しては種の違いより個体差の方が大きいのだ。

一方で、人類の側は猿人や類人猿などの発生からホモサピエンスまでの系統を表現したが、イビスの視点では、人類社会の構成員にチンパンジーやオランウータンが存在していない事実が理解できなかった。しかも類縁種が絶滅したというならまだしも、地球に行けばチンパンジーもオランウータンも存在しているのに。

さらにネアンデルタール人とホモサピエンスの交雑が行われていたことなども情報に含まれていたことで、イビスの人類に対する混乱は頂点に達した。

「なぜ人類社会は、ホモサピエンスだけで構成されているのか？」

その疑問は人類自身も抱いているものだけに、三種の知性体で社会が構成されているイビスに対して、夏や熊谷も納得のできる返答はできなかった。

もう一つの大きな相互理解の障害となった常識は、農業に関するものだった。狩猟採集経済を成立させる植物業の拡大というイビスの文化を、人類は比較的単純に農業という文脈で解釈していた。

しかしイビスには、穀物や家畜のように食料になる動植物だけを育てるために、生態系を破壊して耕作地や遊牧地を広げてきた人類の歴史がやはり理解できないようだった。

「このやり方を続ければ、土壌は耕作不能なほど荒廃してしまうのではないか？」

ガロウはそう指摘したが、じっさい人類の歴史の中には農業によって土地が荒廃した事例は幾つもあった。

こうして相互理解が何度となく暗礁に乗り上げる中で、意外にも人類の戦争史についてはイビスは比較的理解してくれた。ただ、それは理解というよりも相対的な意外性の少なさであるようだった。

「農業により大規模な土地の荒廃を起こした社会が、惑星環境の変化で食料不足になれば、武力行使によりそれを確保しようとするのは理論的にあり得る」

夏や熊谷も、そうした受容のされ方は不本意ではあったものの、歴史をみればガロウの理解が必ずしも間違いとも言えず、とりあえずこの問題については保留とされた。

結果的に、人類とイビスの言語理解を完璧にするために、相互の文化的背景を理解する必要があり、さらにそれを理解するにはすべての基礎となる生物学的な共通認識が必要という戦略は頓挫した。

これは成功・失敗という判断が難しい問題であった。ともかく進化史の資料交換は、人類とイビスの双方にとって相手に対する重要な情報を提供し、相互理解が大きく前進したことは明らかだった。少なくとも、相手と自分たちは何が違うのか？　の理解は前進した。

この点で相互理解を進めるという戦略面では失敗ではなかった。ただ人類にせよイビスにせよ、こんにちの姿になっているのは何故なのかを進化史から解き起こすという方法論は、派生する項目が想像以上に膨大であることがわかった。

ともかく農業レベルのところから、すでに相互理解が困難であり、社会構造の問題にまで議論が進んでいないのが現実だった。しかも人類もイビスも人工知能の実用化に伴い、社会はさらに変化し、高度化していた。互いに自分たちの社会の進化をモデル化できるという当初の楽観論は消えていた。

このため現在は、イビスと人類で相互交流のためのプロトコルを作成し、交流の過程で不明な部分についてある程度の相互理解を図るという妥協が成立していた。この方針に則《のっと》り、いまは天文学や物理学など基礎科学分野の相互交流が進められていた。

具象的な話ができる天文学や化学は比較的順調だったが、抽象的な数学と物理は拠《よ》って立つ概念が違いすぎて相互理解は容易ではなかった。たとえばイビスの物理は人類のような単純な法則を求めるのではなく、複雑系の法則性から考えるというもので、出発点から違っている。だからイビスの科学や数学には複雑系という概念はなく、人類が考える物理法則のようなものは、膨大な複雑系の事例の蓄積の中の共通要素として認識されているらしかった。

人類の科学は、馬が走る運動方程式を考えるときに「ただし馬は球体として考える」などと抽象化するが、イビスの物理では「馬は馬である」という立場なのであった。一事が万事である。

こうした中で、現状では相互理解と実利の両面から、貿易システムの確立が人類とイビスの共通のプロジェクトとされていた。ディアナの建造はそのためのものだった。

「また宇宙船のブリッジに座ることがあるとは思いませんでしたよ」

熊谷がブリッジに現れた。

「またよろしくね」

夏艦長はそう言って熊谷と手をあわせる。彼も艤装委員ではあったので、船務長職につくのはずっと前からわかっていたが、実際に宇宙船に乗るのはまた違うのだろう。

彼は今回も青鳳同様に船務長として部署に就く。バシキールでの生活が長かった二人がディアナの幹部乗員となるのは当然のことと、セラエノ星系政府もイビスたちも思っていた。

ただ夏の部下だった乗員は熊谷だけだ。青鳳の乗員たちのその後は様々だ。マネジメント・コンビナートから派生した企業体に帰属を移していた者や、自分たちで起業したものもいた。一番多かったのは、工作艦明石と津軽への再就職組で、残りは武装解除されて政府管理となった青鳳の管理要員だった。

その後も乗員が乗り込んできて、ブリッジ要員は艦長を含めて九名となった。ディアナそのものはブリッジの九名で運用できた。ただ数日にわたる任務も考えて、三交代制で二七名が定員となる。

ただこれとは別に、研修中の二名が雑務担当として乗り込み、さらに増員の研究者が二名いた。ディアナはそうした意味では宇宙船の訓練機材という側面もあった。量産を見据えて乗員教育をするためだ。セラエノ星系一五〇万市民の中で、宇宙船の運航に携《たずさ》わった経験者はごく少ないのである。

さらに今回の航行ではブリッジにプロジェクトマネージャーの椎名も同行する。配置は機関長である。ワープ機関他のシステム全般を管轄する立場としては、彼女ほどの適任者はいないだろう。ただし彼女が機関長として配置に就くのはあくまでも試験運航の間だけで、それが完了したならば再び津軽の工作部長に戻ることになっていた。

「津軽との回線接続しました」

熊谷船務長が報告する。青鳳などとは異なり、報告や命令はブリッジの中の会話で行われる。エージェントを活用したシステムを利用することは可能だが、椎名の設計方針としては、会話で完結するなら複雑な機構は無くしてゆくというものだった。

そうしたものは後日装備できるだけの余裕はある。ただ今回はセラエノ星系の技術だけで建造したという事情があり、そうした面でより信頼性の高い方法を採用したのだ。

「回線接続を確認」

夏艦長はブリッジの乗員たちに伝える。こんなのは士官学校での練習艦の訓練以来だ。今回は万が一の場合も考えて工作艦津軽も同航する。現在、セラエノ星系には工作艦が三隻あった。明石と津軽の他に、武装解除した青鳳が工作艦となっている。

青鳳のレーザー光線砲を用いたシャトルシステムは、地上と軌道上の輸送コストを下げ、人と物の移動を劇的に増大させた。

結果として惑星レアの軌道上に、ディアナを建設した第二軌道ドックのような宇宙インフラが増えている。このような状況から青鳳は工作艦に改造されたのだ。

地球圏との交通途絶から三年が経過しようとしている中、セラエノ星系市民はやっと文明の維持に確信を持てるようになっていた。

「アイレム星系へのパラメーター設定を確認」

「ワープ機関および関係コンポーネントに異常なし」

熊谷と椎名が順に報告する。

「ワープシーケンサー作動」

夏艦長が命じる。やっぱり練習艦のやり方と同じだ。そんなことを彼女は思った。航行用AIがすべての装置を管理し、通報艦ディアナはワープした。

「アイレム星系に正常にワープアウトしました。座標と時間は許容誤差の範囲です」

「成功したか」

熊谷の報告にも不思議と夏は高揚感を覚えなかった。ワープすべき機械がワープした、それだけのことだ。こうなるように開発し、建造してきたのだ。

ただこのワープ航行で、自分は完全にセラエノ星系の人間になったのだと実感した。地球圏とは完全に切れたのだと。

そう思った時、地球での生活を彼女は何年かぶりに思い出した。夫がいて子供がいて、家族があった。彼女が所属する宇宙軍の派閥があり、対立する派閥があり、それぞれに個人的な人間関係があった。

そうしたものを自分はいま、完全に失ってしまった。自分が長らく宇宙軍の軍人であることに拘《こだわ》ってきたのも、矜持《きょうじ》とか義務感などではなく、地球との交通が回復するというほぼあり得ない可能性にしがみついていたためかもしれない。その可能性がわずかでもある限り、自分は地球の家族や友人知人と繋がっていられると。

だがいまこのとき、夏艦長はそんなものはもうないのだということをはっきりと自覚した。ただ喪失感はそれほどない。潜在意識の中では三年前にわかっていたことだ。この三年の間に、無自覚なまま喪失感を少しずつ昇華していたのだろう。だからそんな感情は、いまさらどこにも残っていない。空っぽだ。

空っぽとわかっているからこそ、いまになって喪失感に向き合うことができたのだ。

「現在位置からアイレムステーションには予定通り自力航行で向かう。推進機関の準備にあたれ」

「自力航行のため、推進機関の作動準備を開始します」

椎名が応答する。触媒核融合推進が作動し、通報艦ディアナはアイレムステーションへと向かった。

二〇二二年九月一三日・アイレムステーション

「今日で三年か」

アイレムステーションの西園寺指揮官は、九月一三日という日付に感慨深いものを感じていた。三年前の同じ日、輸送艦津軽は地球に戻れなくなり、アイレム星系にワープアウトした。そこからセラエノ星系一五〇万人と、津軽と青鳳の乗員は、否応なく地球圏から独立した世界で生きてゆかねばならなくなった。そしてこのことをきっかけにイビスという異星人文明と遭遇することとなる。

それから三年の間に多くのことがあった。輸送艦津軽はアクラ市の管理する工作艦となり、乗員たちもセラエノ星系の市民となった。松下のように才能を発揮し、西園寺以上の重要人物になったものもいれば、宇垣船務長のように反乱を起こし、収監されている人間もいる。

これだけでも大事《おおごと》なのに、アイレム星系にはイビスという異星人がいた。このためセラエノ星系の人類は、地球圏との交通途絶とともに未知の知性体への対応も検討しなければならなかった。一時は万が一の事態に備え、青鳳などの武装した宇宙船は星系内に留めるようなことも行われたほどだ。

ただ、星系一つを数隻の宇宙船で武装したところで、軍事力としてはあまり意味はないと西園寺は考えていた。セラエノ星系の武装した恒星間宇宙船は老朽軽巡が四隻、星系内を移動できる駆逐艦は三隻に過ぎない。しかも軽巡も駆逐艦も共に一隻は解体されて別途転用されている。

後に工作艦明石の実験により、内航船でもアイレム星系にワープできるパラメーターは発見されたが、実際にアイレム星系に送られたのはケルンとランクスの輸送船だけだった。残っている二隻の駆逐艦レオーネとセラもアイレム星系にワープできることが期待されたが、こちらは成功しなかった。原因は、駆逐艦の質量に対してワープ機関へのパワー不足のためと思われた。

同じ星系内で運用する宇宙船であっても、駆逐艦は武装こそあれどケルンのような輸送船よりも小さく、発電能力が低かったのだ。この事実から、同じ内航船による恒星間移動でも、投入エネルギーが重要という知見を得ることができた。そのことはディアナの建造にも生かされていた。

このような状況で、武装している宇宙船は青鳳を含めても六隻に過ぎず、実質的に警備や救難活動にしか使えない駆逐艦二隻を除けば、戦力となり得るのは四隻だ。

これで星系一つを防衛しようというのは無理な話なのだ。それでも防衛体制を整えようとしたのは、心理的な安心を得るためというのが大きかっただろう。

そうした中でイビスとの接触が行われ、武力衝突の可能性はほぼ解消した。そしてその流れの中で、アイレムステーションが建設され、西園寺は指揮官職について、現在に至る。

最初は汎用的な与圧モジュールを連結するだけの単純な構造だった。それはイビスのバシキールに駐在する夏クバンや熊谷俊明をバックアップする程度なら問題はなかったが、駐在する人間が増えるに従い、バックアップする軌道施設も根本的な改造を強いられた。

とはいえ工作艦津軽で建造可能であり、なおかつ資材を使わず短期間に建設できる必要があった。こうして再構築されたのが、現在のアイレムステーションだった。直径五〇メートル、全長一〇〇メートルの円筒がそのすべてである。電力は太陽電池ではなく触媒核融合発電機を用い、一八秒で一回転することで、施設内には〇・三Gの重力を感じることができた。

円筒形は単純な形状だったが、最小の資材と最短の建設期間で作り上げるには最適だった。そして西園寺は一時的にセラエノ星系に戻る以外は、この三年間、ほぼアイレムステーションで生活していた。

ステーション拡張のもう一つの理由は、イビス側からも二名が派遣され、常駐することになったためだ。イビスと人類の微生物感染については、懸念していたほどの深刻な問題はなかった。人類の側もイビスの側も、宇宙船なり宇宙基地のような人工的な空間で生活してきた結果として、施設内の微生物が自然な惑星環境と比べると著しく多様性を欠いていた。

　これは既知の微生物の種類が非常に限られていることを意味していた。そして人類にせよイビスにせよ、そうした微生物には身体の免疫機能で対応できた。微生物にとっては、異なる系統の体内は環境が異質すぎて増殖が困難なのである。たとえばイビスと人類では体液のｐＨ（水素イオン指数）が異なり、彼の人らは人類よりやや酸性側に傾いていた。そしてこれだけの違いでも多くの微生物が代謝不能に陥った。

　あるいはイビスが地球で暮らす、あるいは人類が盤古で暮らしたなら、膨大な微生物の中には異星人の身体でも増殖可能な種はいるかもしれない。しかし、増殖可能なのは病原性の発現を意味するわけではなく、体内で共棲する可能性の方が高かった。

　また細胞を利用して増殖するウイルスに相当するものは地球にも盤古にも存在した。しかし、人類とイビスでは細胞の構造が異なるため、ウイルス感染もまた生じなかった。

　こうした背景もあってエツ・ガロウとヒカ・ビスルの二名が専用領域を割り当てられ、アイレムステーション内部で生活していた。彼の人らの主たる任務は人類を理解することにあり、交流を持つことだった。

　エツ・ガロウは長らく外交官的な職務の人間と思われていたが、実際は違っていた。冷静に考えればわかることだが、イビスにとっての初めての異星人が人類であり、そのための外交役が人類との交流前に存在するはずがなかった。

そもそもイビスの歴史において国民国家のような体制は存在していないため、人類がイメージしているような外交というものはなかったのだ。

その代わり、イビス社会の構成員が重層的に所属しているクランの利害調整を行うのが、調整官というエッツ・ガロウの職務であった。調整官は個人とクラン、あるいはクラン相互の利害調整を行うが、利害関係者が多くなればなるほど、高位の調整官が求められる。

エッツ・ガロウは、イビスの歴史でも前代未聞の異星人との利害調整者として派遣されたというわけだ。エツと名乗るイビスの多くは調整官集団に属しているらしい。

これに対してヒカ・ビスルは理解しやすく、科学者であった。その意味はほぼ人類の科学者と共通する。ヒカを名乗るイビスは広義の科学者が多いという。

このようなエッツなりヒカと名乗る集団の中で生まれたイビスは、そのまま帰属集団で成長するものが多かったが、成長に伴い帰属を変えるイビスもそれほど珍しい存在ではないらしい。このエッツやヒカに相当する概念はどうも人類にはないらしかった。このためイビスのAIも適切な翻訳ができないでいた。

こうした事実も、ガロウやビスルがステーションに居住するようになってからわかってきた。イビスの居住エリアは十分に余裕があり、数十人のイビスの居住にも耐えられたが、彼の人らの必要物資はトルカーチで輸送しなければならない関係から、イビスも人員の拡充には慎重だった。

このように三年ほどの間にアイレムステーションを取り巻く環境は大きく変わっていた。西園寺自身も変化があった。主力スタッフのセルマ・シンクレアと結婚したのである。もっともステーション内での生活はそれほど変化していない。西園寺もセルマも一人用の部屋を出て、共同生活用の少し大きな部屋に移動したくらいだ。

セラエノ星系に戻ったなら、住居から仕事から色々と考えねばならないだろうが、いまのところその予定はない。

二人の結婚そのものは、周囲を驚かすことはなかった。ステーション内の誰もが、この二人は結婚すると思っていたらしい。一部からはセルマが妊娠した場合に、それはイビスに情報開示されるのかという意見があったが、それについてはセラエノ星系政府レベルで否定された。

指揮官だろうがなんだろうが私生活というものは認められる。そもそも当事者は配偶者のセルマである。生殖問題はイビスと人類でいまも情報交換の範囲などについて調整が続いているものであり、その点では指揮官が勝手に私生活の情報を公開することもまた認められていなかった。

そもそもセラエノ星系の基本法は、裁判にかかるような案件でない限り、政府のために個人の私生活の情報開示を命じる権限はなかった。さらにアーシマ首相はイビスとの交渉を意識し、ステーションの運用に関してはルールの遵守を神経質なまでに命じていた。

もっともセルマの妊娠についてはいまのところ確認されていない。低重力下での受精卵の着床率が低いためらしい。

とはいえ西園寺もそろそろセラエノ星系に戻ることを打診されていた。というより、彼自身も自覚しているがアイレム星系に長く滞在しすぎた。もともとステーションを運用する人材育成や体制を整えるまでの繋ぎの指揮官が、西園寺の役割だった。

だが、ステーションが担うべき業務は拡大し、さらに専門分野も多岐にわたった。そこそこの体制が整うまでに三年の歳月が必要で、それまでの間、西園寺は現職に留まるよりなかったのだ。

「工作艦津軽および通報艦ディアナのワープアウトを確認しました」

西園寺はその報告をエージェントから受けると、ステーション内の仮想環境に入った。彼の執務室はステーションの回転軸から二〇メートルのエリアにある。半径二五メートルだが、このエリアの重力は〇・二五Gを維持していた。

ステーションの外周区画は倉庫や機械室になっており、それが放射線遮蔽として機能していた。

もっともバスラは地磁気がある惑星なので、放射線遮蔽については比較的条件は緩やかだった。人類の最新技術を用いれば、ステーションの外壁にセンサーなどの集積回路を組み込み、外壁の電場を制御し、能動的に荷電粒子などを排除できる。だが、セラエノ星系の工業力ではそんなものは製造できないので、一〇〇年前の方法で対処するわけである。

西園寺の視界の中には、次席指揮官のセルマをはじめとして四〇人ほどのスタッフが集まっていた。かつては四〇人といえばステーションスタッフ全員だったが、いまは一〇〇人を超えており、この四〇人はチームの代表だ。

「帰還要員は待機しているな？」

西園寺はスタッフに確認する。エージェントが把握している情報だが、各チームが把握しているかを確認するのは西園寺の仕事だ。

「帰還要員一五名はすでに待機室に集まっています」

チーム代表からの返答をまとめて西園寺に報告するのは、次席指揮官のセルマだった。この辺りの公と私の切り分けは、自分の配偶者ながらも感心する。

「今回は試験航行だが、緊急の計画変更はないな？」

「運航計画に変更はありませんが、セラエノ星系からの増員に若干の変更があります。増員リストに二名追加されています。イーユン・ジョン博士と農業エンジニアの下田カンです」

通信担当のスタッフが報告する。自動化すれば報告の負荷がずっと減らせるのは西園寺もわかっているが、アイレムステーションではできるだけタスクを分散し、個別に報告する形を取っていた。

いまさらイビスが攻撃してくる可能性は低いとはいえ、ステーションの運用にはそもそも相応のリスクはある。だからスタッフには可能な限り、全体像を把握してもらう必要があるわけだ。

「ジョン博士にカンか、久々だな」

イーユン・ジョンは三年前にアイレムステーションで惑星環境の分析にあたっていたが、地上降下はもちろん、大気中へのドローンの展開も実現できなかった。それはガロウが拒否したためだ。惑星バスラの生態系を不用意に刺激したくなかったらしい。ガロウによると、バスラの生態系を調査するのは、彼らの宇宙論に関係するらしく、母星で行なった粒子加速器での実験とも関連があるという。しかしながら概念が複雑なためか、詳細の説明はなかった。

こうしたこともありジョン博士はセラエノ星系に戻っていた。それが同僚の下田カンと二人でやってきた。生態系調査に関する状況に変化はなく、二人がやってくる理由は西園寺には見当がつかなかった。

「情報によると、イビスとの貿易交渉の調査らしいです」

「貿易か……セラエノではそこまで話が進んでいるのか」

「ガロウ・ボックスがブレイクスルーを起こしたのかもしれませんね」

通信スタッフとの会話の中にセルマも加わる。

「ガロウ・ボックスには意思決定の能力も権限もなかったはずだが」

「それはそうですけど、政府側のアプローチに対してイビス側の反応を知ることはできるのでは？」

「あぁ、好感触なら話を進めるというアプローチはありか」

彼らが議論しているガロウ・ボックスとは、イビスが人類文化を理解するために用意した、従来とはまったく異なる手段であった。

それは、イビス側が特別に設計したＡＩで、通常のＡＩとは論理推論の構造が異なっていた。そしてそのＡＩは何の予備知識も与えられていない赤ん坊のような存在だった。このＡＩを搭載した人工衛星を、惑星レアの軌道上に設置するというものだった。軌道上から通信電波などを傍受し、赤ん坊のようにゼロから人類の常識を学んでゆく。

その人類の常識を学んだＡＩと、構造の異なるイビスのＡＩとがコミュニケーションをとることで、両者の間でＡＩが理解できる共通言語を構築し、相互理解を実現する。イビスはそうして人類の常識を学んだＡＩを手に入れることができるというものだ。

　これは人類にとっても望ましい計画だった。人類のＡＩは設計思想の違いから、知性体の常識を学ぶというような分野ではイビスのＡＩより能力が劣っていた。さらにイビスが人類の常識を学んだＡＩを入手できるということは、人類もまたイビスの常識を学んだＡＩを入手するのに等しい。

　このためイビスが作り上げた人工衛星がガロウ・ボックスである。どうしてガロウの名前がつくのかはよくわからないが、ガロウの証言を信じるなら、彼の人の提案だからであるらしい。

　生憎《あいにく》と惑星レアでのガロウ・ボックスの成長はアイレムステーションではわからないのだが、それを活用したプロジェクトが進められるというのは考えられる話だ。

「まぁ、しかし、ジョンたちはカラバス農場のスタッフとしてやってきたのか？」

　西園寺に対して、通信担当は言う。

「いえ、マネジメント・コンビナートの貿易検討チームの一員としてです」

「セラエノ星系ではそんなものまでできてるのか……つまり政府の公的プログラムとして

動いているのか？」

「だからこそディアナの処女航海でやってきたんでしょうね」

セルマはそう言った。

この三年の間に起きた変化で大きなものとしては組織の構造がある。マネジメント・コンビナートの発足からセラエノ星系社会は少なからず、その影響を受けるようになった。

当初は政府が施策を行うにあたっての専門知を集めるとともに、民意を政策に正確に反映する機構としてマネジメント・コンビナートは期待された。アーシマ首相が最終的に政府機能をマネジメント・コンビナートに委譲する計画なのは、ある段階からはセラエノ市民のコンセンサスとなりつつあった。

だがマネジメント・コンビナートの発展と浸透は、誰もが予想しなかった形をとって行われた。それはまず製造業から始まった。

最初は軌道上の半導体工場や三次元プリンター製造工場などの重要施設での、人員不足を解消するためだった。この二つは工作艦明石工作部が担当していたが、生産施設が完成するに伴い、人材不足は深刻になっていた。実験室レベルなら明石工作部でもなんとかなったが、一五〇万市民の需要を満たすための産業規模となると、工作部だけでは運用できなかった。

このことは狼群妖虎や松下紗理奈も十分理解しており、そのための人材募集と教育にも着手していた。しかし、理想の人材が集まるとは彼女らも考えていなかったし、そもそも総人口が一五〇万では、集まったとしても必要な人数に満たないのは明らかだった。

そもそも半導体工場も三次元プリンターの製造基盤もセラエノ星系には存在しなかったのだから、即戦力を確保することはほぼ不可能だった。ただ妖虎や紗理奈は、それらの産業がどのような産業群との連関により機能するかについての基本的な知識はあった。

そして部分的にそれらの産業基盤を満たす製造インフラは存在していた。そこでまず二人が中心となり、生産基盤群に活用できる既存の設備や人材をリストアップするのと並行して、新規に作り上げるべき工場や人材も分析していた。

そこから二人はスタッフを拡充するための小規模なチームを作り上げる。そのチームにより、マネジメント・コンビナートに働きかけた。

それは工場群を稼働させるために必要なタスクを分割し、それぞれのタスクを担える専門技能を公募し、必要なら教育を施し、その集団を有機的に結合するというものだった。

文明を維持するための産業基盤を自力で構築するためには、専門技能を持った人材の育成が不可欠となる。しかも総人口の制約から、一人の人間が複数の専門分野について一定水準の技能を持つことも必要だった。しかし、そうした専門職をマネジメントする技術を理解した管理職もまた必要だが、このような人材が決定的に欠けていた。

このため特定技能の専門家集団そのものに、全体を合理的に管理するためのマネジメント機能を組み込もうというわけだ。これはマネジメント・コンビナートの創設趣旨そのものだったが、それまでは一定の成果を出してはきたものの、何を為す機構なのかは不明確だった。

しかし、ここにきて具体的に解決すべき大きな問題が提起されたことで、マネジメント・コンビナートは効率的に動き出した。専門職に対する総合職とは、マネジメントという機能を担う、それ自体も専門技能であり、従来型組織で見られた階級の上下などではなく、職域の違いに過ぎない。こうした認識が急激にセラエノ星系社会のコンセンサスを得られるようになったのだ。

この結果は目覚ましく、妖虎や紗理奈のチームが組み上げた叩き台は、マネジメント・コンビナートの中で、分析され、改善され、現実的な人員状況からさらに組み替えられ、そして稼働する工場として現実化した。

この成功体験の効果は誰の目にも明らかであり、高度技術工業部門を中心に、組織の構造は部門が有機的に連携するような形状となり、さらに企業の壁もほとんど顧みられることはなくなった。仕事を具体化するための組織が会社であって、会社のために仕事があるわけではない。そういうことだ。

内航船といえど、恒星間航行が三年足らずで完成したのも、こうした組織構造の変化によるところが大きかった。

ただ、産業界の組織改変の結果、いわゆる政府機関の組織は規模こそ縮小されたものの、大枠は昔のままだった。これはマネジメント・コンビナートで起きた問題について、既存の法律を基に意思決定を行うことが現時点でも合理的と判断されたためだ。

これは表現を変えるなら、マネジメント・コンビナートの意思決定に対する、セカンドオピニオンの役割を担うことが政府機能になっているためとも言えた。

アーシマ首相は、政府機能をマネジメント・コンビナートに移行することを考えていたが、現実は社会機構がマネジメント・コンビナートを導入したことで、政府によらない自律性を獲得しつつある中、それを補完する存在として必要とされていた。これもあってアーシマは未だに首相の職にある。

社会の中で政府という存在の意味が変質した結果、法律も改正され、首相任期は最大で五年延長されたのであった。この改正をアーシマが受け入れたのは、マネジメント・コンビナートによる合理的な政府機能の移行を五年以内に完成させることも同時に決まったためである。この点では自分が最後の首相になるというアーシマの予言は当たっていた。

「貿易交渉というより、調査です」

ジョンは西園寺にそう説明したが、懐かしさとかそうした感情はないらしい。アイレムステーションでの日々にそれほど良い印象はなかったのかもしれない。

「それはガロウ・ボックスとの交渉の結果なのか？」

「まさか。あのシステムにそんな機能はありません。我々は農業というアプローチから貿易を考えているわけですが、イビスに農業という概念はない。ましてAIではそうしたものについて予備的な議論もできない」

ジョンによると、貿易の対象は食料であるという。

「イビスとの貿易を実りあるものにするためには、イビスの総人口を増やす必要がある。そしてイビスの総人口が一定範囲で推移しているのは、食料供給に問題があるからと我々は推測している。

そうであればイビスに食料を輸出し、彼らが人口を増やせるなら、我々の経済も拡大できる」

話の筋は西園寺にもわかったものの、どこからそうした分析結果が出たのかには興味があった。

「イビス駐在のスタッフの情報やマネジメント・コンビナートの分析です。バシキールやパホームの容積や収容可能人数、それに食料生産能力の推定値などからのモデルを構築し、先ほどのような結論が導かれたわけです」

「食料を貿易の対象にするというのはなぜです？」

セルマがジョンに質《ただ》す。もともとセルマはアクラ市の代表としてステーション運営に参加していたこともあり、貿易などへの知識も深かった。とはいえ、それはあくまで人間相手の貿易であったが。

「セラエノ星系で大量に生産できそうな資源であり、現時点でイビスに対して貿易のインセンティブを持っていそうなのが食料だからです。

もちろん我々の分析がまったくの的外れの可能性もあります。しかし、イビスが動物として食料摂取が必要なのは疑いようのない事実です。

したがって食料に関しては、人類とイビスは互いに理解し合える概念が多い。この交渉が仮にうまくいかなかったとしても、貿易という概念を共有できたなら、それで目的の大半は達成できたと言えます」

確かにジョンの説明は筋が通っていると西園寺は思った。イビスとの接触から三年で、相互理解は確かに進んでいる。ただイビスがガロウ・ボックスを開発したことからもわかるように、互いに相手を十分に理解できているという実感はなかった。

たとえるなら、越してきた隣人とは朝の挨拶は交わせるようになり、近所付き合いもできているが、それでもなお隣の家にはわからないことが多い、というような状況だ。「おはよう」と言葉を交わすことはかなり早期にできているが、会話は庭先で交わしているだけで、家に招待できる段階にはまだない。

その点で食料を梃子《てこ》にして貿易を進めるというのは、良い着眼点と思う。だが疑問はある。

「それで人類は食料を提供するとして、イビスからは何を得るつもりなんだ?」

「それは幾つか考えられています。セラエノでの生産が困難な高度技術製品の製造を委託できたなら、我々が直面する困難も著しく改善されるでしょう。

しかし、それが可能かどうかはわかりません。イビスの技術力は俯瞰して見れば我々とそれほど違わないものの、方向性は異なる。それに技術が高くとも生産力については未だはっきりしません。現時点では低いが条件が整えば拡大できるのか、それも不明です。

こうした点では、何らかの物を対価として受け取れるかどうかはわからない。ですが、通報艦ディアナの成功が状況を変えました」

「どう変えた？」

西園寺はジョンに尋ねる。以前、ステーションにいた時もそうだが、彼にはジョンの説明の仕方がどうにも遠回りに感じられた。

「二つの星系の移動が円滑になるということは、イビスと人類の移動する人数も増大することを意味します。それならばマネジメント・コンビナートにイビスを参加させることが可能となる。さらにアイレム星系にマネジメント・コンビナートを置いて、イビスと接触することも可能です。

このような段階への進化が可能なら、貿易という単語は意味を失う。それは一つの文明圏内の人と物の移動でしかない」

「なるほどな」

西園寺はジョンの説明内容そのものよりも、彼女がそうしたグランドデザインを口にしたことにある種の驚きを感じた。彼が知っている三年前の彼女はそうした視点を持たなかったという認識だったからだ。

どうやらマネジメント・コンビナートに深く関わる中で、チーム全体の共通のコンセンサスがこうした認識となっているようだ。そうした経験をしているなら、彼女自身の意識が変わっても不思議はないのだろう。

この問題はすぐにガロウにも提供された。低重力区画の応接室で、ガロウとビスルは赤いローブを纏《まと》った姿で、ジョンや西園寺らと話し合うこととなった。仮想空間を共有できるのだが、人間を知ることが任務でもあるイビスの二人のため、直接会うことを西園寺はルール化していた。

「ガロウは西園寺に問うが、人類はこれを提供できるか？」

ガロウは会議のために持参したのだろう、小さなケースから鉛筆ほどの太さのパスタのような白いものを指で摑み出す。それは生きているのか、芋虫のように動く。イビスには、これを表すのに独特の単語としてタバという名前があった。

「イビスは、これだけ食べていれば生きて行けるのか？」

それを確認したのはジョンであった。専門家としては黙っていられないのだろう。

「必要な栄養は確保できる。ただしイビスの食文化はもっと豊かである。タバは宇宙で活動するイビスのために開発された。利用実績もある。ただし、ガロウたちの食料はこれで十分である一方、これしかない」

実を言えばイビスの食料については、ほとんどわかっていない。ステーションにイビスが常駐するようになったのが、この数ヶ月であったことと、彼の人らにとって食事はデリケートな内容を含むものらしく、文化摩擦を回避することも考慮しなければならなかったためだ。ただ画像分析による予備的な調査は行われたことがあるが、人類のパスタのように小麦粉と水を混ぜてこねるような単純な構造ではなく、多数の要素を練り込んであるらしかった。

「人類は、これを量産できるというのか？」

ガロウはその提案の実現に懐疑的であるようだ。ＡＩの能力も上がったのか、ガロウに関しては言葉の中にある程度の感情も表現できるようになっていた。だから彼の人が交渉役なのだろう。

「分析させてもらえれば、有機物である以上は合成可能と思う」

ジョンが言う。

「見ればわかると思うが、食卓にあげる前のタバは生きている」

ジョンだけでなく、誰もが首をひねった。確かに目の前のタバは動いており、生きているのはわかるが、その動きは人類が知っている芋虫や蛇とも違った。強いて近いものをいうならば、複数の芋虫が紐状に群れている光景とでもなろうか。

「人類はイビスの進化史を知っていると思う。イビスは自分たちに最適な生態系を拡大してきた。そこから食料を調達した。タバは宇宙に進出するイビスのために、それ自体が食料となる生態系なのだ」

それには西園寺も驚いた。確かに画像分析レベルでは正体がわかるはずもない。なるほど組成は食料だろうが、それは人類の食料の概念を超えている。

「確約はできないが、それを提供してもらえるなら、分析して類似のものを人類が提供できると思う」

ジョンの言葉に西園寺はもとより、ガロウも明らかに驚いていた。

「程度の差はあれ、惑星レアにおける生態系は地球原産の農作物には敵対的だった。よってカラバス農場には、土壌を維持するという形で生態系を構築する技術の蓄積がある。微生物の使用も長年行われており、経験はある。

地球由来の微生物や微小動物がイビスに食材として適切かどうかは断言できないが、少なくとも加工食料の素材にはできるはずだ。きっとイビスの食文化をいまより向上させるだろう」

食文化の向上という一言に、ガロウは明らかに反応した。

「ヒカ・ビスルもその研究に協力する用意がある」

交渉役はガロウだけなのか、いままで沈黙していたビスルも積極的な反応を示す。

「仮に食料生産に人類が成功したら、イビスと我々の間に貿易関係は成立しますか？」

西園寺の問いかけにガロウは返答した。

「貿易の意味はガロウには未だわからないが、イビスと人類の共棲が前進するのは間違いない。それはガロウが断言する」

この半年後、セラエノ星系からアイレム星系への食料輸出に関する具体的なプロトコルが作成される。そして、その貿易体制を基盤として、アイレム星系やセラエノ星系では宇宙インフラの整備が数年にわたり続けられた。

7　バシキール動乱

新暦二〇六年三月一五日・アイレムステーション

「おはよう、ベック。特に報告するようなことはある？」

この時、アイレムステーションの指揮官の職にあったのは、夏クバンであった。ステーションそのものは、三年前から大きな変化は起きていない。その代わり、宇宙施設の数は増えている。アイレムステーションよりやや大きなバスラステーションが建設されていた。

夏指揮官は壁に軌道上の光景を映し出させる。ちょうど惑星バスラの昼面にステーションが位置しているため、周辺の領域は明るい。同じ静止軌道上のバスラステーションはちょうど夜面から昼面に移る位置にあるため、一瞬明るく輝くのが見えた。

「大きな問題は観測されておりませんが、バシキールとパホームからバスラステーションへの臨時のシャトル便が増えています」

ベックはそう報告する。ベックとは、夏クバンが子供の頃に飼っていた犬の名前だ。セラエノ市民となり、パーソナルエージェントを持たされるようになったが、適当な名前を思いつけないまま、犬の名前に落ち着いたのだ。

地球で生活している夫や子供の名前も考えないではなかったが、そうした名前こそ、ここではふさわしくない気がしたのだ。

それはそれとして、シャトル便が増えているというのは気になった。

「バスラステーションの映像を拡大して」

すぐにステーションの様子が拡大される。バスラステーションも、アイレムステーションと同様に円筒形の構造物だが、回転軸のトラス構造が延長され、複数のシャトルや内航船とのドッキングが可能となっていた。そのことからもわかるように、バスラステーションはセラエノ星系とアイレム星系の貿易のために建設された。

通報艦ディアナから改良した内航船は、ネームシップのユゴンを含めユゴン級四隻が就役していた。ディアナを含めれば五隻である。そのうちマゴンとスゴンの二隻がバスラステーションに在泊していた。

この内航船五隻体制により、アイレム星系とセラエノ星系で緊急事態が生じても、すぐに両星系の然るべき担当部署に報告に向かうことが可能となった。

次のシフトではスゴンがセラエノ星系に戻り、入れ替わりにロゴンが到着することになっていた。内航船だけ見ればおかしなところはない。しかし、確かにイビスの都市宇宙船からのシャトルが三隻接続し、さらに四隻が向かっているようだ。

「ベック、ステーション内のMクラスのスタッフに、フォーラム参加を呼びかけて」

ステーションの組織構造もこの三年ほどでかなり変わった。階級というものは意味を失い、タスクは関係する機能ごとに分散して流れるような形になった。Mクラスというのはかつてのマネージャーの機能を担う人材を意味した。これとは別に専門職を担当するSクラスという一群がいる。

大まかに言えばSクラスの機能を最大限にするような環境構築がMクラスの職務であり、両者は職務が違うだけで人として対等であり、上下関係はない。むろん組織であるから命令と責任は存在するが、それはあくまでも職域の機能を具体化するために必要な手段であり、当事者間の人間としての上下とは何ら関係はない。

これはセラエノ星系の総人口の問題と、平均的な教育水準が植民星系としてはかなり高いという条件も幸いして、多くの場合、個人が複数の分野で、マネジメントを含む複数の機能を持つためだ。プロジェクトAのMクラスだった人間が、プロジェクトBではSクラスということも珍しくない。したがってMクラスとSクラスに上下関係を設けるのは、プロジェクトを進める上で意味がないのだ。

じっさい夏指揮官の指示で仮想空間上のフォーラムに招集されたのは、ステーション職員の半数弱だった。多くの職員が何らかの形でMクラスに属しているからだ。その点では全員招集をかけても大差はないようだが、現時点では注意喚起を促す程度であるから、業務の手を止めてまで全員招集をかけるのは時期尚早と判断したのだ。

ちなみにステーション内のほとんどのプロジェクトにかかわる立場の指揮官だけは、そのすべてにおいてMクラスに属していた。

「バスラステーションの指揮官から通信が入っています」

ベックが報告する。夏はその通信内容を、招集したフォーラムのメンバーに公開する。すぐに仮想空間上にバスラステーションの指揮官、モフセン・ザリフの姿が浮かぶ。かつてアクラ市の市長だった男だ。

ラゴス市の行政機構はマネジメント・コンビナートへの権限移譲にいまだ消極的だったが、対照的にアクラ市は積極的な融合を進めてきた。

このためすでにアクラ市の行政機構は、マネジメント・コンビナートのプロジェクトの一つとして機能していた。それでも既存の法律との関係調整は途上であるため、市民に選ばれた市長という存在はいた。現在のそれはアクラ市商工会議所頭取ファトマ・シンクレアであった。

夏もこの辺のことは詳しくないが、ファトマはザリフの妻らしい。ただ特定の家族が行政を独占するという話ではなく、行政とマネジメント・コンビナートの融合に積極的だったのが、商工会議所頭取のファトマであったためだという。

ザリフがバスラステーションの指揮官なのは、都市行政のトップが相応《ふさわ》しいという意見と、イビスとの交渉のような不確定要素の多い案件では、決まったことを効率的に処理できるが想定外の出来事には弱い元ラゴス市長の哲秀《てつしゅう》より、ザリフの方が適任という多数意見によった。哲秀自身がザリフの推薦者に名を連ねる点でも状況は明らかだ。

「そちらでも把握していると思うが、バシキールからのシャトルの運航が急増している。目的は食料などの備蓄物資をタラースに移送することにあるらしい」

「タラースに?」

惑星バスラの静止軌道上には順にアイレムステーション、バスラステーション、タラース、バシキールと並んでいた。他の大型宇宙船はもっと低軌道を移動している。

この中でタラースは、イビスが建造している宇宙施設である。完成すれば直径六キロの車輪状の宇宙施設が完成するはずだった。かつて地球で考えられたスタンフォード・コロニーと酷似した構造だ。このようなものはイビスの宇宙開発史の中でも構想され、建築もされたらしい。

イビスがタラースを建設したのは、人類との貿易で食料供給が増大した結果、人口が急増したことへの対処と説明されていた。

ザリフはバスラステーションから観測したタラースの映像を共有した。アイレムステーションからは観測できない位置にタラースがあったためだ。

現時点では、やがて車軸となる建設中の円筒が見えるだけだ。それでも長さは二キロを超える。そのトラス構造には仮設栈橋が用意されていたが、そこにも五隻のシャトルが結合していた。

「イビスのシャトルって、確認されているのが一五隻のはずだけど、すでに一二隻が活動中ってこと？」

「そういうことだ。こちら側の通信衛星によると、映像に出ていない三隻も都市宇宙船から出航している」

夏指揮官は嫌な予感がした。何か尋常ではないことが起きている。それに対する自分やザリフの判断で、人類とイビスの運命が左右されてしまうかもしれない。そのことへの責任はまだ耐えられる。耐えられないのは、これが明らかに前例のない事態ということだ。

過去の事例は役に立たず、アイレム星系にいる人類だけで問題に対処しなければならない。そして意思決定を行うのは自分とザリフだけだ。

「ベック、都市宇宙船の現在位置を表示して」

仮想空間の中に惑星バスラの周辺軌道が表示される。人類の宇宙ステーションや建設中のタラースの他に、静止軌道上のバシキールの姿。それよりはるかに低い、高度八〇〇〇キロにパホームが位置し、一番低い高度五〇〇キロにほぼ同型のゾルザの姿がある。

「都市宇宙船の周辺には異変はないな」

ザリフが不安そうに言う。夏は、傲岸不遜に見えるこの男でも不安を感じるという事実に何かホッとした。

「私の軍人時代の経験から言えば、静かすぎるのは悪い兆候よ」

イビスとの貿易が手探りの中で開始された二〇三三年からの三年間に惑星バスラで起きた最大の事件は、イビスが地下を捨てて、惑星軌道上に移動したことだ。バシキールとパホームの存在はすでに知られていたが、イビスにはパホームとほぼ同じ大きさのゾルザという都市宇宙船があった。この三隻が惑星バスラにおけるイビス社会のすべてであった。トルカーチのような宇宙船も軌道上に置かれていたが、ほとんど雑用船であり、都市インフラの一部のような扱いだった。

ただ彼《か》の人らが軌道上に移動したのは、人類との貿易だけが理由ではなかった。それよりも大きな理由は、惑星バスラで大規模な地震が起こり、都市宇宙船を収容していた巨大地下空間が崩落の危険に晒《さら》されたためだった。

しかし、この地震は突然の出来事というわけではなく、イビスはその発生を予知していたとガロウは説明した。というよりも、この大地震のプロセスを観測することも地下に居住していた理由の一つらしい。地下の微生物群のネットワークが、地殻変動にどれほどの影響を与えるかという調査項目があったのだという。

惑星バスラは生物の存在する他の惑星と同様に、炭素量で計測したとき、地表よりも地下世界にこそ大量の生物がいた。そのほとんどは微生物であるが、極限環境に適応し、超高温高圧で代謝を行なっているものもあった。

この極限環境生物による生物圏が広大で、かつ他の領域の生物圏とも情報交換をしていると思われていた。そしてこのことが、惑星での地震発生に大きな影響を持っているらしい。つまり地殻に堆積する歪みのエネルギーを代謝に利用する生物叢が巨大な体積を有していたために、小規模地震が抑制されていたという。

この代謝過程で地表に放出される熱が、本来なら深刻な寒冷化を迎えるはずの惑星バスラが氷河に覆われないための、熱源の一翼を担っていると思われていた。ただ、地殻変動のエネルギーをすべて地下生物叢が吸収できるはずもなく、小規模地震が抑制される分だけ、地殻の歪みは広範囲に蓄積されていった。それを支えられなくなった時、破局的な大地震が起こるという。

この破局地震の後、地下生物叢で何が起こり、それが地表の生物叢とどのような関係性を持つのか、惑星バスラのイビスたちはそれを観測し研究するために、植民不能の惑星にあえて止《とど》まり続けたのだという。

椎名はバシキールで生活していた時、都市宇宙船を一隻しか確認していなかった。しかし、実際はバシキール、パホーム、ゾルザの三隻が、惑星バスラで地殻の歪みが大きい三ヶ所の地下に分散していたのだ。

イビスのワープ装置であるアルタモが地下格納庫に設置されていたのも、地下から軌道上に宇宙船を移動させるためだけではなく、三ヶ所の地下格納庫の間を移動するためだった。だから椎名は破壊されたギラン・ビーと共にパホームで回収されたが、その治療のためにはもっとも医療水準の高いバシキールへと、ギラン・ビーの残骸ごとアルタモで運ばれていたのである。

アルタモにはもう一つ、地殻に影響を与えないように、その内部を非破壊的に調査するという重要な目的があった。主として地殻の歪みを計測するのがアルタモのもう一つの機能であり、だからこそ宇宙船は破局的地震の前に軌道上に移動できたのだ。同時に、地震により地下格納庫が崩落するまでの記録を取ることで、地殻で起きた現象を高精度で計測することも期待されていた。

こうした破局的地震が起きたのは、貿易が始まって半年ほど後だった。三隻の都市宇宙船が収容されていた地下施設は、衛星軌道からも十分観測できるほどの陥没を生んでいた。

しかし、それほどの大地震にもかかわらず、津波被害は驚くほど少なかった。海面を覆っていた植物叢を持ち上げたり移動させることに、津波のエネルギーの多くが吸収されたためだ。植物叢も損傷は負っていたが、それらはすぐに修復された。そして大陸側の生態系は、海面の植物叢が津波エネルギーを吸収したことで、ほぼ無傷だった。

アイレム星系で活動していたイビスたちにとっては、この一連の現象を確認できたことで、本来の目的は達成できたらしい。むろんそれで終わりではなく、破局地震後の生態系の復興や変化を観察する仕事は残っていたが。こうした一連の研究調査は、バスラの生態系と惑星環境の関係が、彼らの宇宙観による、天体現象の自己組織化と相似形であるらしい。ただ、その詳細は人類にはまだ理解されていない。

これらのことがわかったのが比較的最近だったのは、こうした複雑な背景を持つ調査プロジェクトを人類に説明できるほど相互の言語理解が深まっていなかったためだ。じっさい人類の多くは、状況は理解できたものの、惑星バスラの生態系をそうまでして観察し続けるイビスの動機については、まだ理解には至っていない。

ガロウたちにとって、この惑星バスラの生態系観察プロジェクトの中で、母星である盤《ばん》古《こ》との交通が完全に遮断されたことは意外であったらしい。ただ、母星盤古との交通遮断が、起こり得るリスクとして計算されていた節もあった。

それは三隻の都市宇宙船で生活するイビスの総数が二八万人にも及ぶことからも窺えた。つまり母星との交通が途絶した場合でも、これらの都市宇宙船は自給自足できる社会機能を持たされていたということだ。

もともと盤古からの物的な支援はほとんど行われていないため、交通遮断による影響は、少なくとも物資面ではほとんどなかったようだ。

こうした中でイビスにとって本当の意味での計算外の出来事は、人類との貿易が行われたことだった。

イビスの都市宇宙船はほぼ完全な自給自足システムで、外部からの物質的な補給は不要だった。だが母星盤古との交通が可能で、人員の交流があった間は良かったが、途絶状態になると深刻な問題に直面することとなった。

それは人口を増やせないことであった。生活環境は都市宇宙船の内部だけである。人口の現状維持は可能であったが、世代間の人口分布が著しく歪《いびつ》になるのは明らかであった。さらに総人口二八万人では都市宇宙船の維持さえ遅かれ早かれ不可能となる。

この問題を解決するために、イビスは惑星バスラの生態系を破壊してでも地表に入植することさえ検討していた。そうした中で彼の人らは人類と接触し、貿易という形で、外部からの支援を得るという選択肢を見出すことができた。

もちろん人類とて地球圏との交通が遮断されている点ではイビスと同じだが、人口では優っており、何より曲がりなりにも惑星植民に成功しているという強みがあった。宇宙技術も持っている。

イビスにとって人類との貿易は、総人口を増やすだけでなく、居住空間の拡大にもつながると解釈されていた。ただ彼の人らもセラエノ星系への移住は考えてはいなかった。惑星バスラの調査は終わっておらず、その領域から離れるという選択肢は彼の人らにはなかったからだ。

その代わりに考えたのがタラースの建設であった。それが完成すれば人口が倍増しても対応できる。その容積の余裕により、イビスは適切な人口分布を維持しつつ、文明の継続が可能になる。貿易を行うことで、人類の人口を活用できるからだ。それは人類にも言えることで、貿易が双方にとって有利であるという比較優位の法則は文明間でも成立することが証明された。

そうしてすべてが順調に推移しているかと思われたときに、今回の異変が起きたのだった。

「イビスのシャトルの最大乗員は、把握されているデータでは一四四人となっています。一五隻すべてが定員まで乗せているなら、シャトルには二一六〇人の乗員がいることになります。ざっとイビスの総人口の〇・八パーセント相当です。

タラースの建設に同程度のイビスが従事しており、報告では現時点での収容可能人数は一万前後とされていますが、どの程度の期間収容できるのかは不明です」

ザリフが仮想空間上のフォーラムの中で、そうした推定を報告した。

「バスラステーションのシャトルは物資を受け込んでいるだけ？」

夏の質問にザリフは経理関係のデータを示す。イビスとの貿易項目で食料などの消耗品がシャトルに移送されていた。会計処理のＡＩはそれらが正常な取引であることを示している。ただし行われている物資の移送は貿易計画にはなかったものだ。

「建設中のタラースの備蓄物資は建設資材が中心で、食料などはそれほど多くありません。

移送した食料の量からすれば、五〇〇〇人のイビスで、二週間の消費量でしょう」

イビスについてすべてわかっていると言える状況でないのは夏指揮官も認識していたが、それでもこのシャトルが集団で移動する動きは不自然だ。

「タラースの建設に関わる人員の移動ということはないの？」

それに対しては、担当チームからそうした情報はないという報告があった。

「タラースの建設には、我々からも主にサプライヤーとして一〇〇人前後のスタッフが常駐しています。建設要員の増員があったとすれば、当然ながらこちらにも連絡はあって然るべきです。一人二人ならともかく、倍の人員となれば、報告がないのは明らかに不自然です」

「そうだとすると、やはりイビスにおける突発事故か何かか？」

ザリフ指揮官には夏も同意見ではあったが、同時に認めたくもなかった。それが人類に何か重大な影響を及ぼすとなれば、自分たちも介入しなければならない可能性がある。しかし、それもまた深刻な影響を残す。つまり人類社会に何か変化があったとき、イビスが介入する根拠を与えることになるからだ。

少し前まではバシキールの中に十数名ほどの人間が駐在していた。しかし、タラースの建設に人類も関わるようになると、バシキールの駐在員は引き払い、タラースに移動していた。駐在員が務まる人員が少ないのと、具体的に共同プロジェクトが進んでいるタラースにこそ、そうした人材が必要であったためだ。

平時にはこれで何ら問題はなかったのだが、いまのような異変の時にはまったく情報が入ってこない。

イビス側の変化に対して情報が入って来ないだけではなく、人類がこうした事態に介入するための手段も乏しい。地球なら人間相手に武力介入が行われるのは珍しくなかったが、いまの自分たちに武力らしい武力はない。宇宙船に武装はないし、警察力があるとはいえ対人用の小火器くらいしか武器はない。

もっともこれはイビス側も同様で、武装宇宙船もなく、警察に相当するようなチームを除けば武装した構成員もいない。それは都市宇宙船という環境のためか、イビス社会の反映なのかはわかっていない。ただ闘争に関する人間の概念を彼の人らも理解できる点では、暴力を知らないというわけでもないようだ。

「エッ・ガロウから通信が入っています」

ベックがフォーラムのメンバー全員にそのことを通知する。ガロウは、数年前までアイレムステーションにイビス側代表として駐在していた。その後はイビス側で後進の指導にあたっていると聞いていた。そのガロウがコンタクトをとってくるというのは、やはり深刻な事態なのか。夏指揮官宛だったようだが、AIは全員に公開すべきと判断したらしい。

「元老院を代表して、夏指揮官およびザリフ指揮官に支援を乞う。本船はアイレムステーションに向かっている。入港許可を願いたい」

バスラステーションがシャトルで渋滞状態なのを考えれば、アイレムステーションにシャトルを向けるというのは理解できる行動だ。ベックによると、ガロウが乗っているのは、バシキールから出発した最後のシャトルであり、そのままアイレムステーションに向かってきたのではなく、パホームやゾルザ近くの軌道にも遷移していたらしい。

つまりガロウのシャトルは、ほぼ惑星を一周する形でアイレムステーションに接近してきたらしい。事実、映像によるとガロウのシャトルは低い高度から速力を上げて、静止軌道に遷移しようとしていた。

「元老院ってなに？」

夏はフォーラムメンバーに問いかけたが、もとより返答がくるはずもない。地球の歴史であれば古代ローマの元老院の概要くらいは彼女も説明できる。現代人が用いた場合でも、それが意味する概念の想像もつく。

しかし、いまのメッセージはエッ・ガロウという異星人のものだ。しかも夏がバシキールで生活していた数ヶ月の間を含め、イビス社会に元老院やそれに類するものがあるという話は聞いたことがなかった。

もちろんイビスの政治や社会体制にはいまも未知数の部分がある。しかし、だからこそイビスに元老院と同様の存在があったなら、翻訳ＡＩは何年も前に元老院という単語を用いていたはずなのだ。

それがいままで用いられてこなかったのは、ここに来て元老院的な何かがイビス社会の中に誕生したということではないのか？　それが具体的に何を意味するのかは不明だが、何らかの政治的な異変が生じたと考えるのが妥当だろう。

同様の思考に至ったのは、やはりザリフだった。

「夏指揮官、そちらには青鳳の乗員だったスタッフはどれだけいるんだ？」

その意図は夏にはすぐ理解できた。

「昔の部下たちは四八名だ。ザリフ指揮官が知りたいのは、彼らが陸戦隊として使えるかどうかということか？　確かに青鳳では規則に従い、緊急時に乗員全員が陸戦隊を編成できるような訓練は行なっていた。

しかし、それは五年以上前の話で、素人に武器を持たせるよりは安全に扱えるだろうが、いますぐに戦力化できるとは考えないほうがいい。ついでに言えば、昨今の陸戦隊というのは、一人の歩兵を支えるのに、後方に三人のスタッフが必要だ。つまり総兵力の四分の一しか歩兵には使えない。だからザリフ指揮官が武装した歩兵を陸戦隊の意味で使うなら、総兵力は一六人、歩兵は四人が限界だな」

「狭い通路を確保するだけなら四人いれば十分だ。何かあってもアイレムステーションのドッキングベイを確保できるだろう。とりあえず侵入者は阻止できる」

ザリフの発言は妥当なようでいて、かなり剣呑《けんのん》な想定を含んでいる。それはイビスが何らかの理由でアイレムステーションに侵入するような事態に備えるには、どうすべきかという話であるからだ。

ただ彼の発言は、イビス側の政変の影響が自分たちに波及するのは拒むものの、こちらからはイビス側に介入しないという意思表示であるとも夏は受け取っていた。

バスラステーションが稼働し始めたのは、イビスとの貿易が開始された翌年、二〇四年のことだった。そしてザリフはこの二年間、バスラステーションの指揮官を務めてきた。だから夏はザリフとはそこそこ同じ指揮官として働いてきたが、それでも彼のことはよくわからなかった。

選ばれて指揮官に就くほどの人物だが、正直、アクラ市の市長だった時の彼についてはほとんど印象がない。面識がある程度だった。

しかし、市長職を退いてからの彼の活躍は目覚ましく、それはマネジメント・コンビナートとの関係を積極化してから顕著だった。ただ、それでも夏は彼をどう判断すべきかわからない。

頭の回転が早く、決断力があるのは間違いないが、それだけの人間なら彼女は何人も見てきた。その中でザリフが特殊なのは、聡明なのか馬鹿なのかがよくわからないことだ。何というか戦略を立案する能力は乏しいが、戦略そのものは理解でき、その戦略に従った戦術は適切に立てられる。

つまり彼はリーダーに向いている人物ではなく、ミドルレベルのマネージャーとして有能な人物なのだ。だが彼はステーション指揮官として、立派に職務をこなしている。陸戦隊の話にしても、素人の誤解はあったにせよ、着眼点が鋭いのは夏も認めざるを得ない。そのあたりのギャップがいまもよくわからない。

「確認するけど、アイレムステーションはガロウの入港を認めます。また彼の人やその同行者を現時点で拘束する予定もありません。よろしいか？」

「バスラステーション指揮官もそれに同意する」

アイレム星系に二つある人類の施設で、二人の意思決定者が了解したことで、ガロウのシャトルがアイレムステーションに受け入れられることは決定した。これは人類とガロウのこれまでの関係性から言って当然のことだと思われた。

しかし、イビス内部で何らかの対立なり紛争があったならば、ガロウを受け入れることそのものが、イビス社会への介入ともなりかねないリスクがある。とはいえアイレムステーションにせよバスラステーションにせよ、難しい判断を行わねばならない施設であるのは最初からわかっていたことだ。それどころかリスクが直接的にセラエノ星系に波及しないための防波堤こそ、これら二つのステーションの役割だった。

ガロウたちが乗るシャトルは、特別な宇宙船ということではなく、ありふれた円筒形船だった。トルカーチとほとんど同じ大きさで、アイレムステーションのシステムに接続すると、ドッキングまでの手順はすべて人類側のシステムに委ねた。

夏指揮官はとりあえずステーション内の保安要員に招集をかけて武装の上で待機させ、ベックに全員の所在を把握させたが、それ以上の措置は進めなかった。何に備えるべきかもわからなかったし、そもそも保安要員の招集が必要なのかさえわかっていない。そもそも兼務者も合わせて三〇名ほどの人数しかいないのだから、できることには限度がある。

シャトルはドッキングしたが、ガロウをはじめ乗員はアイレムステーションに乗り込もうとはせず、その代わり一〇〇名ほどの乗員が、仮想空間上に現れた。つまり主要スタッフだけが参加しているフォーラムに、彼らも参加した形になる。

「貴殿らがイビスの元老院なのか？」

貴殿という言葉がどのように伝達されたかは不明だが、ガロウたちは特に動じる様子もない。夏があえて貴殿という言葉を使ったのは、ガロウたちが元老院であるという報告を受けていたためだ。

「元老院という表現は正確ではない。はっきり言えば誤った呼称である。ただ現下の状況では我々が元老院と名乗ることに相応の利便性があるのだと理解していただきたい。あえて説明するならば、人類に現象を説明するための便法《べんぽう》と理解していただきたい」

「それは地球圏政府の上院のようなものとは違うのか？」

「構成員の選出方法からすれば上院とは異なる」

ガロウの返答から夏は、彼の人らが上院という存在を知った上で、元老院という表現を選んだことを確認した。そしてガロウもまた夏指揮官の意図を理解したらしい。

「このシャトルに乗船しているイビスは、社会における各分野で意思決定に関わる立場にいるものたちであり、意思決定者集団として元老院との類似性を表現したものである」

ガロウはアイレム星系のイビス社会において、人間的な表現をすればトップレベルの高官の一人であることはすでに確認されていた。したがって彼と行動を共にしているイビスたちも、バシキールをはじめとする都市宇宙船社会の最高レベルの意思決定を行う集団であるのだろう。

とはいえ、イビス社会の構造には未だよくわからないことも多い。官庁に相当する機関があるのは間違いないが、それは特定の氏族社会が独占しているように見えた。ただ個々の氏族社会が何らかの基準と方法でメンバーの入れ替えを行なっており、それが人類的な民主主義と同等の機能を実現しているらしい。

これと関係があるのか、イビス社会には官僚機構は存在しても恒常的な政府というものが存在せず、政府のようなものが案件解決のために必要に応じて作られているらしかった。

ともかく彼の人らの社会は三権分立という考え方そのものがなかったが、一方で、何かのメカニズムにより独裁者も生まれないようになっていた。人類が把握している範囲で、イビスの歴史に独裁者はもとより英雄豪傑の類もいない。そもそも「優れた指導者が歴史を作る」という馬鹿げた概念を彼らは有していなかった。

いずれにせよステーションに到着したイビスの集団は、確かに元老院的な高官の集まった意思決定機関だろう。ただそうだとすれば、元老院を欠いた三隻の都市宇宙船はどうなっているのか？

バシキール、パホーム、ゾルザの三隻は、外から観測する範囲では安定した軌道にいて異変は認められない。そもそもシャトルの大量移動という事態がなければ、人類の側は異変に気づくことはなかった。

「元老院がこうしてやってきた理由の説明を願いたい」

人間相手なら、話はここから始められたが、イビス相手では細かい前提を確認しなければならなかったのだ。

イビスたちの間で、何か動揺というか、人間で喩えれば顔を見合わすに相当するような動きがあった。それは夏がバシキールに駐在していた時に、たまに見かけた動きだった。彼女の理解では、役割分担をどうするかを話し合うような動きだった。

「それに対してはエッ・セベクから説明する」

イビスの個体識別ができる人間はまだ多くはなかったが、夏はガロウとセベクの区別はついた。

「バシキール、パホーム、ゾルザの三つのイビス社会では、人類との貿易により物質生産と消費面での環境が変化したのみならず、文化面でも影響があった」

貿易が人類とイビスの間で文化交流を産むというのは理解できる話だ。セラエノ星系でもイビス文化を理解しようというグループがいて、主に数学と物理の概念を組織的に解釈しようとしていた。

同様なことがイビスで行われても不思議はない。じっさいイビスが提供する特殊な半導体については、要求仕様の話し合いが迅速になってきたとも聞いている。それも背景に人類に対する研究があるのだろう。

「イビス社会にとって衝撃だったのは、マネジメント・コンビナートの存在だった。イビス社会にそのようなものはなかった。人類がこのマネジメント・コンビナートで多くの成果をあげていることは、元老院でも把握していた。

そこでイビス社会もマネジメント・コンビナートを導入した。だが失敗の理由はそこにあった」

「失敗とは？」

夏の質問にセベクはしばらく沈黙した。それは人間向けの音声を止めたのではなく、本当に声を発していなかったのだ。

「失敗という表現は撤回する。マネジメント・コンビナートの導入は現在の事態に立ち至った遠因とする。イビスはＡＢＣの三種より成り立っていることはすでに知っているだろう。対して人類は一種の知性体だけで社会を構成している。このことによる相違を元老院は十分に理解していなかった。いや、イビス全体がその可能性に気がついていなかった。

イビス社会でのマネジメント・コンビナートはバシキール内で行われ、成果を上げたことで順次、パホームとゾルザでも行われるようになった。

だが、マネジメント・コンビナートは私利私欲のために使えることに気がついたものがいた。椎名ならスミ・テヨという名前で記憶していると思う。イビスCに属するテヨは〝何者でもないテヨ〟と自称し、周囲のイビスCを扇動し、自分たちだけのマネジメント・コンビナートを組織した。そして自身が重要な立場にないことに不満を抱いているAやBのイビスも取り込み、巨大な機構となった。テヨに支配されたマネジメント・コンビナートは元老院のメンバーを迫害し、社会の意思決定の仕組みを簒奪《さんだつ》した。このため元老院の構成員はシャトルにより脱出を余儀なくされたのだ。

夏自身はスミ・テヨとは面識はなかったが、椎名のレポートで名前は知っている。スミ・ヨナの配偶者で家事担当の若いイビスで、他者に対して辛辣な評価をすると記されていた。イビスにABCの三種の類縁種があり、それらにより社会が構築されていることは知っていた。ただそれらの種と社会に占める地位のようなものの関係はよくわからない。人口的にはAが最大多数で七〇パーセントを占め、次がCの二〇パーセント、Bは一〇パーセントの少数派だ。

その状況で、おそらくは生産性向上のためにマネジメント・コンビナートを人類に倣《なら》って導入した。そして確かに生産性は向上したのだろう。

しかし、その事実によって少数派のイビスCが自分たち独自のマネジメント・コンビナートを組織しようとし、それ以外のマネジメント・コンビナートを解散させようとした。

そのためガロウやセベクはバシキールから逃げる羽目に陥った。

「つまり、バシキールでクーデターが起こったので亡命したいということか？」

ザリフが口を挟んだが、セベクの反応は予想外のものだった。

「バスラステーション指揮官の言葉の意味がわからない」

「あぁ、そうか。使わない単語が通用するわけはないか」

ザリフは比較的素直に納得した。確かにイビスと直接交流できる人間は限られていたし、言語のやりとりはいまでも単語レベルで慎重に選ばれる。それでも人類とイビスのＡＩの相互の語彙《ごい》データベースの構築は行われていた。その実際までは夏も熟知しているわけではなかったが、どうやらＡＩは単語の意味解釈については全方位ではなく、使用頻度の高い単語に傾注しているようだった。

確かにクーデターという単語は使用頻度が低く、しかもその意味を摺り合わせるとしたら非常に難しい単語だ。ただこの単語を用いずに、どうやってイビスの状況を把握するか……。

「イビスＣは、自分たちのマネジメント・コンビナートによりイビス社会の意思決定を行おうとしていると解釈してよいか？」

夏としては、クーデターと亡命はまず分けて確認することにした。

「夏の解釈で概ね間違いはない」

セベクは肯定した。

「そして元老院はアイレムステーションに保護を求めてやってきたのか？」

その質問に対して、セベクは否定した。

「保護は求めていない。そこまで状況は逼迫《ひっぱく》してはいない。ただ元老院はアイレム星系の人類に対して支援を乞いたい」

フォーラムの人類メンバーは緊張した。元老院はアイレムステーションに亡命するつもりなどなく、あくまでも自分たちへの支援を求めている。この状況での支援とは元老院の権力奪還のためとしか解釈できない。

つまり元老院がカウンタークーデターを仕掛けるのを助けろということだろう。

「アイレムステーション指揮官として、元老院支援については了解した。しかし、我々のリソースには限界があるため、支援の意図があったとしても、実行可能かどうかは異なる範疇《はんちゅう》の問題であることは理解していただきたい」

夏指揮官の発言に、人類側のスタッフはザリフを含めて大半が驚いた。実行可能なものとの制約はあるものの、状況がはっきりしない中で人類が元老院を支援するという意思を明らかにしたためだ。

元老院には通じていない回線より、すぐに夏の決断に対して説明を求める意見が集まった。それは予想された反応であり、彼女は説明すべき立場にあった。

「現在の状況で我々に局外中立という選択肢はない。イビス社会の対立の仲介者となれる力もなく、知識もないのが事実だ。

仮に我々が中立を理由に元老院への協力を拒んだ場合、それはもはや中立ではなく、イビスCに対する協力に他ならない。この点で我々は第三者にはなれないのだ。

そうであるなら、我々は人類の利益を追求する立場に立たねばならない。それこそが我々がこのアイレム星系に駐在している理由だ。

では、我々は元老院に味方すべきか、それともイビスCに味方すべきか？　答えは明白だろう。ガロウやセベクなど、我々はファーストコンタクトの段階から元老院と交渉し、良好な関係を維持してきた。元老院が権力を掌握してくれたなら、イビスと我々は良好な関係を維持できると同時に、文化の違いから貸しを作ることはできないとしても、今回の件で信頼を深めることは可能だろう。

一方、クーデターを起こしたイビスC一党が権力を掌握し続けたとして、現状より良好な関係が築けるとは思えない。元老院のメンバーの多くが人類との様々な協力関係を築いているのとは対照的に、データベースの記録を見る範囲で、イビスC一党でそこまで深い関係性を築いているものはいない。

端的にいえば、テヨ一派の権限掌握は人類にとってメリットはないのだ。

確かに元老院が権力を奪還できるかどうかは未知数だ。しかし、悠長に両者の言い分を聞いている時間的余裕はない。そして我々が決断できないことで状況を悪化させるわけにはいかない。

結局、セベクの要請を飲むか飲まないか、そのどちらにもリスクがある。だがメリットは、要請を飲んだ方が遙かに大きい。それが小職がこの決断を下した理由だ」

全員が完璧に満足したわけではなかったが、消極的な賛成も含め、夏指揮官への反対はなかった。

そうした人類側の反応に安心したのか、セベクが発言する。

「我々の具体的な要求は二つある。一つはタラースの人類が安全のために自身の居住区画に戻り、稼働しているシステム管理を現地のイビスの担当者に委ねること。

もう一つはアイレムステーションとバスラステーションの回線を利用し、タラースと元老院の間で仮想空間上の委員会を開くことを認めてほしい」

タラースは基本的にイビスの施設であり、その管理者権限をイビスの担当者に委ねることに支障はない。問題は人類の二つのステーションの通信システムをイビスに対して開放することだが、それもまた人類側のデータベースへのアクセスを遮断すれば安全は確保できる。

「アイレムステーション指揮官は了解した。バスラステーションはどうか？」

「バスラステーション指揮官も同意する」

こうして一五隻のシャトルに乗船中の推定二〇〇〇名のイビスと、タラースのイビスは、仮想空間上にマネジメント・コンビナートのような機構を作り上げた。アイレムステーションやバスラステーションのシステムには介入できなかったが、その結果として人類の側もそこで行われている作業については把握できなかった。

そして一日が経過した。ベックによれば、通信の具体的な内容は不明なものの、元老院が作り上げたシステムはフル稼働していたという。そしてバシキールをはじめとする三隻の都市宇宙船から放射される赤外線量が急激に低下し始めていた。

まずバスラステーションに集結していた五隻のシャトルが、一番低軌道のゾルザに向かって移動し始めた。それから数時間後にゾルザに向かっていた五隻の中から三隻が、さらにバスラステーションから三隻の合計六隻のシャトルがパホームへと移動し始めた。

バスラステーションとゾルザはかなり軌道が異なるのだが、ゾルザからの三隻はかなり強引な機動を行い、バスラステーションの三隻と合流した。その六隻がパホームに向かったのである。

「イビス側のネットワークの通信量が激増し、アイレムステーションの通信量は減少しています」

通信量と宇宙船の動きから判断すると、やはり元老院側が自分たちの権力を奪還しているように思えた。そしてその予測は正しかったらしい。

「元老院はこれよりバシキールに帰還する。人類の支援に感謝する」

エツ・セベクとガロウから、そうしたメッセージが届く。回線を可能な限り分断している関係で、仮想空間には入れなかったためだろう。それと同時にアイレムステーションにドッキングしていた三隻のシャトルが接続を解除し、パホームの六隻とあわせて合計九隻がバシキールへと向かった。

都市宇宙船バシキールは抵抗らしい抵抗も見せずに、それらのシャトルがドッキングするのを受け入れていた。

「三隻の都市宇宙船がシャトルを受け入れて一時間以内には、赤外線放射量が増加傾向を示しています」

ベックの報告から推測すると、一時低下していた都市宇宙船のエネルギー生産量が、元老院が権力を掌握すると復旧したとなるだろう。

「バシキールのガロウよりメッセージが入っています。通常の回線で接続しますか？」

ベックが夏指揮官に問う。彼女はフォーラム全員に公開する形で通信を受けるよう指示する。それと同時に仮想空間にガロウだけが現れる。

「イビスを代表して一連の出来事について人類に説明したい。イビスはその義務があると判断する」

それは夏にとっては意外な申し出だった。人間同士なら、こうした説明の必要を感じることもあるだろう。また彼女もイビスに対して事の経緯の説明は求めるつもりであった。だが文化の異なるイビスの側からこうした説明の申し出があるとは思わなかった。ただ説明を行おうとする彼の人らの動機が人類と同じかどうか、それはわからない。

「確認したい、イビスを代表してというのは、元老院を代表して、とは違うのか？」

「元老院という呼称は、我々の実態を表現するのには必ずしも適切ではなかったことをまず指摘しておきたい。イビス社会において意思決定に与《あずか》る集団は一つであった。それはマネジメント・コンビナートを人類より学んでからも変わらなかった。

しかし、その集団に置き換わろうという集団が生まれたからには、意思決定に与る集団が複数誕生したことを以《もっ》て、それぞれに呼称が必要となる。元老院は伝統的な意思決定集団としての意味を持つものとして、そう呼称した。何者でもないテヨを領袖《りょうしゅう》とする集団はテマと呼称している」

テマがビザンツ帝国のテマ制を意味することを思い出すのに、夏も少し時間が必要だった。イビスが古代ローマから元老院という言葉を引っ張ってきたという予備知識があったから、わりとすぐに思い出せたが、そうでなければＡＩに尋ねなければならなかっただろう。

ただイビスが何をテマと考えているのかを確認しようとは思わなかった。それは一連の出来事についてわかれば自然に明らかになるだろう。

「まずガロウに確認したい。人類のマネジメント・コンビナートは基本的に権力機構の分散として機能する装置であり、意思決定を行う組織間の闘争を生み出すものではない。なぜイビスではそのようなことが起きたのか？」

あるいはガロウもそれを説明するつもりだったのかもしれない。しかし、夏はまず人類が何を知りたいと思っているかを伝える方が、円滑なコミュニケーションが成立すると考えた。それをガロウも理解したらしい。

「まず人類社会はホモサピエンスという単一種族の知性体により社会を維持している。対してイビスはすでに説明したように、ＡＢＣの類縁種により社会が構成されている。Ａが多数派で、まずAからCが分岐し、さらに時代が降っていわゆる産業革命以降にAからB

が分岐した」

最初に分岐したならば、それはCではなくBではないのかと夏は思ったが、イビスは人類とは異なり、ABCとは単なる識別のための符号で順番の意味はないらしい。

「イビスCもイビスBも、イビスAが多数派という進化史において、小集団が孤立するような状況の中で、ある突然変異がその小集団に固定化されるという形で発生した。その大枠は人類も承知のことと思う。

ただ人類にはまだ説明していないが、CとBの誕生の経緯は異なる。その説明を行なってこなかったのは、Cの誕生はともかく、Bの分岐はイビス社会の構造について深く触れる必要があり、説明が困難と判断されたためだ。

しかし現下の状況では、不完全ながらも説明の必要があると判断する」

そして惑星の立体映像が視界の中に現れる。夏の記憶が正しければ、それは惑星盤古だが、より極冠が拡大していた。地球でいう氷河期と思われた。

「イビスAとCの分岐は、惑星の寒冷期に起きた。我々は植物叢を積極的に拡大し、それと意識せず惑星環境を改変していた。ただ産業革命前の時代であり、植物叢が何であるかの知識も乏しく、この時期には拡大してきた生存圏は急激に縮小することとなった。

またこの寒冷化に伴い、陸路での移動に大きな制約が課せられた結果、孤立集団が誕生した。それがイビスCの母集団だ。

この孤立集団は、外部からの支援なしに過酷な環境で生存することが至上命題となった。そして孤立集団の文化的な特性がいわゆる進化圧として機能し、それに適応する突然変異がその集団の中に固定化した結果、外界の反応に対して即断即決する傾向の強い集団が誕生した。過酷な環境と文化的な選択が、そうした生物学的な性向を持ったイビスCを誕生させた。

惑星環境は寒冷化時代を脱し、植物叢の進歩と拡大から、気象も安定し始めた。イビスAとイビスCは、一つの社会の中で別々の種として役割分担を行いながら共棲する時代を迎えた。危機に即応するCと、それを支えて長期的な観点で考えるAの役割分担だ」

惑星盤古の映像が変化する。大規模な都市の形成と同時に、植物叢が損傷を受けた場所がまだらに散っていた。

「そうした中でイビスはついに産業革命の段階に到達する。我々はこの時期からしばらく惑星環境の悪化の時代を迎えたが、その理由にイビスCの人口増大があった。短期的な工業化の拡大を担ったCにより、工業が進んで植物叢は荒廃した。

一方で、長期計画を担当するイビスAの中で富の偏在が起こり、人類の表現を借りれば貴族に相当する集団が誕生した。実際にここで起きたことはもっと複雑だが、それは割愛する。

　この貴族集団は惑星環境の荒廃を逃れて、特定の地域に集結し、そこで独自社会を築いた。同時に、多数派のAと少数派のCに対して利益を元にした動機づけを行い、荒廃した惑星環境を復興させた。人類の尺度で言うなら、この荒廃と復興までは二世紀ほどの時間になった。

　そしてこの二世紀の間にAの貴族たちの小集団は、イビスCと同様に突然変異と独自の文化の働きにより急激な種分化を起こし、イビスBという類縁種となった。AとBは交配可能だが、BとCは交配不可能なほどの隔たりができている。

　そしてイビスは三種となり、Bは刺激に対する短期的な反応は鈍い一方で、長期的視野でなら物事を理解できる性向を強める生物種となった」

「つまりイビスBがイビス文明の指導的立場の中心となり、Cがそれに反旗を翻したのか？」

　目の前で起きていたことは、かつての地球で起きていた革命のようなものだと夏指揮官は理解した。人類の歴史では、多くの革命は旧体制を倒すことには成功したものの、革命の理念による新しい社会の構築には失敗していた。旧体制を倒す能力と社会を建設・管理する実務能力はまったく別物だからだ。つまりイビスに起きたのは、そうした失敗した革命だ。

「ガロウたちがこの問題を人類に説明しなかった理由は、そうした誤解が生じることが容易に予想できたためだ。

まず指摘すべきは、集団の規模によらず、その内部で意思決定を行うチームは、人類が考えるような意味での指導者集団ではない。意思決定も集団が機能するための役割であり、決定された方針に従い行動するチームも自分たちの役割を遂行しているだけだ。また大小様々な集団の意思疎通を支援するチームも支配や被支配ではない。存在するチームは対等であり、どれが欠けてもイビス社会は機能しない。

三種のイビスは違った動物であって、そこに上下関係はなく役割分担があるだけだが、その役割もまた上下関係で認識されるべきものではない。イビスABCについては思考の方向性に違いがあるだけで、種の間の知的能力の違いは、それぞれのイビスの個体間の知的能力の差ほど大きくはない。

繰り返すが相違は相違であって、上下関係で理解すべきものではない。したがってイビスBがイビス社会の支配層という認識は間違っている」

しかし、夏は納得しなかった。元老院が独裁体制を作っていたとして、自分たちが公平であるかのように主張するのは、人類でも珍しくなかったからだ。

「イビスBが支配層ではないと、どう証明するか？」

「一つ尋ねる。夏指揮官はエッ・ガロウを三種の中のどれと考えるか？」

「元老院であるからにはイビスBではないのか？」

仮想空間上のガロウの表情が、人間で言えばため息を吐《つ》く、に相当することを夏は意に思った。

「エッ・ガロウはイビスCに属している。人類との接触という前例のない事態に対しては、即断即決に優れた個体が担当するのが合理的だからだ。エッ・セベクはイビスBに属するが、共に元老院を構成している」

　驚きのあまり声の出せない夏に対して、ガロウは労《ねぎら》うように言う。

「マネジメント・コンビナートは高い汎用性を持ったシステムだ。故に分散処理に活用することもできると同時に、すべての権限を一つに集中させる運用も可能だ。かねてからイビス社会の分散処理的な傾向に不満を抱く一部のイビスCには、マネジメント・コンビナートは権力集中のツールとして訴求力があったのだ。

　そして彼らの反乱が失敗したのは、イビス社会は三種が共棲することで初めて機能することを理解できなかったためだ。元老院が都市宇宙船を脱出したことで、宇宙船のインフラは機能を停止し始めた。テヨらは目先の反応に即物的に対応したために、事態は急激に悪化した。我々はその失敗を外部から修正していたのだ。

そうすることで、反乱を起こしたイビスCは、意思決定機能を放り出した。我々はそれを再び担当するようにした。そういうことだ」

そしてガロウは、説明をこう締めくくる。

「イビスにせよ人類にせよ、少数者の独裁的な意思決定では、もはや管理不能なほど複雑な構造を持つ文明社会に生きているのだ。それが知性体というものだ」

8　エクソダス

二〇六年三月三一日・都市宇宙船パホーム

松下紗理奈は、初めて目にするイビスの都市宇宙船の内部に興奮を隠せなかった。イビスとの接触からかれこれ七年になる。いまでは互いに多くのことが理解できるようになっており、アイレム星系にもセラエノ星系にも、相互交流のための宇宙施設ができている。

しかし、それでもなお二つの文明は互いに相手を未知の存在と感じていた。七年程度の交流では未だ全貌を把握できないだけの歴史と文化を二つの文明は有していた。

「ここまで深刻な事態になっていたとは、我々も予想していませんでした」

防護服を装着したイビスの科学者であるヒカ・ビスルが、やはり防護服を着用した松下に説明する。二つの言語を翻訳するＡＩの能力もかつてより長足の進歩を遂げた。すでに会話が成立する段階から、ニュアンスの違いも伝えられる段階に到達していた。

腕を上げて松下に方角を示すイビスの動きは、彼《か》の人の言葉と違和感を感じさせなかった。

「パイプの破断によるものですか？」

紗理奈の問いにビスルは答える。

「配管系の破断だけでなく、水槽の破裂もあります。破壊プロセスは現在分析中です」

その場にはイビスと人類が合わせて八人いた。いずれも高級技術者ばかりである。彼らが目にしているものは、すべて外部に公開されていた。ただ現場で直接確認しなければならない問題では、やはり人が出向く必要があった。

松下たちがいたのは、化学プラントを思わせる、配管とタンクの構造物の中だった。化学プラントというのは、大きな意味では間違いない。差し渡し一〇〇メートル四方ほどの領域に収容されているそれらの装置は、都市宇宙船パホームの物質循環の要《かなめ》、人工生態系であった。

事前に提供された資料では、透明な水槽のようなものも幾つかあり、微生物や動植物がそうした水槽やタンクの中で活動しているはずだった。確かに太いパイプに近づくと、液体が間欠的に流れている振動を感じることができた。

だがいま紗理奈たちがいるのは、最初の資料にあった整然としたプラントではない。パホームの内部には人工重力が働いていたため明確な上下の別があったが、そのため緑色の濁った水が膝の辺りまで床を満たしていた。たとえるならば、台風が通過したばかりの海岸沿いの住宅街のようだった。

防護服を着用しているので匂いは感じられないが、バイザー内の数値表示はメタンや硫化水素の濃度が高いことを示している。水蒸気分圧も高く、二酸化炭素やアンモニアの濃度も、イビスが呼吸している空気の組成とはかなり違う。人類はもちろんイビスでも呼吸困難になるだろう。

足元の液体は緑色をしているだけでなく、海藻を連想させる繊維状のものが広がっていた。

「植物の一種です。通常このエリアは照明を消しているのですが、これが繁茂しているため照明をつけています。効果のほどはまだわかりませんが、生きている生物種は回収を前提に、現状で可能な範囲で環境を整備しています。とはいえプラントが損傷した中で可能なのは、大気組成の調整と光エネルギーの供給程度です」

ビスルが説明する。

「深刻なようですね」

紗理奈がそう感じたのは、海藻の中に魚のような生物が隠れていたためだ。長さは一〇センチくらいだが、透過度が低いために魚に似ている以上のことはわからない。

「植物の間にいるのは、自生した水中動物です。確認されているだけで七種類が個体数を増やしています。ただいまは急増している段階で、いずれ餌となる植物と水中動物のバランスが崩れ、不安定な個体数の振動期が続くでしょう」

じっさいプラントの状態は悪いようだ。何かの気体が漏れているのか泡立っている配管があると思えば、内部に溜めてあったはずの液体を半分以上喪失している水槽も見える。中には液体がなくなり、何かの動物の死体が堆積している水槽もあった。

「結局のところ、何が起きたんですか？」

「はい、テヨ事件の後遺症です」

テヨ事件とは、先日のイビスCに属する「何者でもないテヨ」を首謀者とするクーデター未遂のことである。

人類の歴史の中にはこうした事例はいくつもあるが、イビス社会では非常に稀な出来事であったらしい。そもそもイビスの社会では、意思決定は社会の機能の一つであって、それを専門に行うクランは幾つかあったが、人類がイメージする支配とか強権とは概念が異なっていた。

　だが人類のマネジメント・コンビナートを学ぶ中で、テヨをはじめとするイビスCの一群が、独自のマネジメント・コンビナートを構築し、この機構が独裁権力を実現する装置としても使えることを発見した。

　これは皮肉な話であった。地球圏から引き離されたという条件で、市民の能力を最大限に活かそうとしたのがマネジメント・コンビナートだ。それは必然的に権威主義を拒否した高度な分散処理機構となる。

　対するに異質なものに作業を分散するイビス社会では、マネジメント・コンビナートが人類の考えた別の種類の社会管理システムと解釈されていた。そしてテヨたちはマネジメント・コンビナートから、人類がそれを開発する理由となった集権的統治の方を再発見していた。

　それぞれの文明が同じマネジメント・コンビナートというシステムを、自分たちの目的に合わせて再構成していたことになる。

　それもそのはずで、マネジメント・コンビナートというシステムは、予定調和的に効果的な分散処理の仕組みを作るわけではなく、効果的な分散処理機構を実現するためにはルールの整備など準備すべき作業も少なくない。それらの環境が整って初めて、求める機能が実現する。

さらに人類もイビスの多数派も、マネジメント・コンビナートを独裁権力の道具に使うことなどまったく考えていなかったが、このシステムは高い汎用性を持つが故に、独裁権力の道具としても使えるのであった。

さらに「何者でもないテヨ」は生まれながらのアジテーター、あるいは詐欺師的な能力が高かったのと、イビス社会の規範に則《のっと》った意思決定を担当するいくつかのチームを、「指導者層」と曲解する認知の歪みを持っていたらしい。

このため一部のイビスCの集団により構築されたマネジメント・コンビナートを、意思決定の迅速化を口実に、テヨとその周辺へと権力を集中させる独裁機構に変質させていた。ガロウやセベクらに対して元老院という呼称を与えたのもテヨであった。認知の歪みにより敵を作る必要から「指導者層」を「元老院」と呼び始めたのである。

一方で、テヨとその取り巻きは、「マネジメント・コンビナートは誰もが発言できる」ことを根拠に、そこでの結論はすべて「合議によるもの」と定めていた。しかし、現実にはマネジメント・コンビナートを運用するルールは作成していないため、権力を掌握しているテヨとその取り巻きが恣意的な運用を行い、それらの発言だけで意思決定されるようになった。そして同じくルールがないため、それを止めることはマネジメント・コンビナートの他のメンバーの誰にもできなかった。

テヨの権力の背景には武装集団の存在もあった。イビスにも社会的な闘争の歴史はあったものの、それほど規模の大きなものはなかった。しかし、テヨは人類のマネジメント・コンビナートを学ぶ過程で、ヒトラーの突撃隊などの私的な武装集団の活用を不完全な情報のまま受け入れていた。ただそれはイビスの認識であるため、人類の歴史的事実とも異なっていた。

テヨの私兵でもある武装集団は徒党を組んで棒を振り回す程度のものだったが、元老院のメンバーが危険を感じて逃げ出すには十分な根拠があった。こうして元老院は都市宇宙船を脱出した。

ガロウが人類からの支援を夏指揮官に請うた時、それはタラースを拠点として、三隻の都市宇宙船のシステムに介入するテヨらへの反撃と解釈されていた。しかし、実態は違っていた。

元老院は脱出した時点で、すでに反撃を行なっていた。それは都市宇宙船の管理者権限の多くをテヨ一党に与えていたことだ。都市機構の多くを幾つもの専門家チームに分散させて運営していた元老院の読みは、テヨ一党が権力を掌握したことで、すべてを自分たちで管理しようとするだろうというものだった。しかし、そもそもテヨ一党には実務能力がないため、社会機構の管理という重責に耐えられず自壊するだろう。ガロウたちの予測は確かに的中した。

だが元老院も、テヨ一党の自壊は予測できても、どのように自壊するかまでは予測しきれていなかった。

まずイビスCの特性として、駄目なものを見限るタイミングは早かった。このためテヨ一党はマネジメント・コンビナートでの一切の権限を失った。ただ彼の者たちは権力集中を実現した結果、自分たちで理解できる以上の情報が集中してしまい、状況認識が著しく歪んでいた。このため通常のイビスCの反応とは異なり権限の放棄を拒んだために、暴力により排除される結果となった。

これによりマネジメント・コンビナートは独裁を終えたものの、宇宙船の機構を維持管理するという重要問題は残っていた。この段階で元老院は、テヨ一党が管理を放棄し、元老院に権限を戻すと考えていた。

そして確かにテヨ一党は解体し、三隻の都市宇宙船は再び従来の分散管理に戻った。だが解体するまでの間に、彼の者らは自分たちで管理できないかと、宇宙船の基幹システムに介入しようとしたのである。

だが、そうした介入行為は失敗しただけでなく、幾つかのシステムには甚大な被害をもたらしていた。もちろんあまりにも危険な行為に対してはＡＩが拒否権を行使したりもするが、そうでない命令に対してはＡＩも意思決定機関の指示には逆らえなかった。

結果的に、テヨ一党は基幹システムの一部に損傷を与え、自分らの手に負えなくなったために、元老院に権限を戻したのであった。

「パホームの循環システムは、ここを含めて三ヶ所あります。ここが一番被害が大きかったプラントですが、他の二ヶ所も無傷ではありません」

ビスルによると、パホームや他の都市宇宙船もそうであるが、船内に盤古の生態系を構成した植物叢が活動するエリアがあった。それで都市宇宙船の全員に必要な物資を賄《まかな》うのは不可能であり、生活に必要な物資に関しては、植物叢をモデル化し、化学プラントや生物の培養槽と連結した基幹システムにより賄われるようになっていた。

この基幹システムは、世紀単位での盤古都市部の運用経験もあり信頼性は高かったが、ＡＩの管理を止めて素人が勝手に制御すれば、甚大な被害が生じるのは明らかだった。そこは人もイビスも同じだと紗理奈は思った。

「ゾルザもバシキールも基幹システムに同様の損傷を受けています。一部機能の復旧は可能ですが、完全復旧は不可能と考えなければなりません」

「その場合、宇宙船はどうなるの？」

「通常であれば、損傷箇所を基幹システムから切り離し、余剰人口を他の都市宇宙船に移動させることで対応します。基幹システムや都市宇宙船を分散しているのはこのためです。ただ、我々の設計では損傷は経年劣化などを想定したもので、今回のような複数ある意思決定者から同時に、矛盾した指示が出されるような状況は想定していませんでした。はっきり言うならば、バシキール、パホーム、ゾルザの三隻で無傷な都市宇宙船は一隻もありません。

人類との貿易と備蓄で当座は現在の水準を維持できるかもしれませんが、あまり楽観はできません」

紗理奈はビスルの悲観的すぎる見方が気になった。

「生産力がゼロになったというならまだしも、六割から七割は維持できるなら、そこまで悲観的にならなくていいと思いますけど」

「食料供給の問題だけではないのです。基幹システムは乗員の代謝産物や排泄物処理も行なっています。物質循環のためのシステムですから。

さらに考えるべきは、イビスの総人口は人類との貿易により早晩、三〇万人を超えます。平時なら喜ぶべきですが、現状では悲劇です。基幹システムで賄えるだけの人員を言えば、二〇万人というところです」

「一〇万人が余剰人口となるのか……そうなるとタラースの完成を急いで、そちらに移住するしかないわけか。あるいはセラエノ星系への移住ね」

「セラエノ星系への移住は、おそらく最終手段となるだろう。我々の社会を維持するためには移住のハードルは高い」

ビスルはそう断じた。それは紗理奈にもわかる。人類がそうであるように、イビスもまた自身のエージェントAIを持っている。イビスが都市宇宙船と同じ居住環境を確保するためには、セラエノ星系にイビスのAIシステムを移動するか構築する必要があった。セラエノ星系のシステムにイビスのエージェントを接続するという方法もなくはないが、構造が違いすぎるので現実的ではない。

これに関しては、アイレムステーションなどで仲介能力を持ったAIの開発が進められているが、まだステーション内で限定的な能力しか持ってなかった。

最大の問題は、仮に人類のAIシステムと接続したとしても、イビスの文化や常識についてほとんど理解していないことだ。つまりイビスはセラエノ星系に移住すれば、自分たちの文化を失う覚悟が必要だった。

これに関して言うならば、リスクマネジメントとして三隻の都市宇宙船のうち二隻が無事であれば、ＡＩシステムは維持できるという。しかしビスルの話からすれば、三隻の都市宇宙船が無事にセラエノ星系までワープできるかどうかもわからなかった。都市宇宙船の損傷が基幹システムだけにとどまるかもまだ調査中であるからだ。現時点では三隻の都市宇宙船はセラエノ星系から動けないと結論せざるを得なかった。

「基幹システムさえ修理できるなら、ワープ宇宙船として三隻とも機能するか？」

紗理奈はふと浮かんだアイデアがあった。

「事件の時に都市宇宙船はワープを行なってはいなかったから、テヨ一党はそちらには何もしていない。ただエネルギー分配に関しては、基幹システムの損傷具合によってワープに使えるエネルギーにも限度がある」

ビスルがそう言うと、紗理奈は再度、尋ねる。

「基幹システムの主たる配管系の配置を表示できる？」

ビスルが反応するのに間があったのは、ＡＩが言葉の意味を解釈するのに時間が必要だったからだろう。

「可能だ」

ビスルがそう言うと、視界の中に三隻の宇宙船が透視図のような姿で現れ、そこに基幹システムの配管系の流れが描かれた。紗理奈はそこでビスルの許可を得て、その立体映像を動かす。まず彼女はパホームとゾルザを並べた。

「気がついたのだけど、いま我々がいるのは、左舷の船殻側。そしてゾルザの損傷部分は右舷側の基幹システム。

それでこの二隻を並べて、それぞれの基幹システムの損傷部位を本体からブロックして、代わりに隣の宇宙船の配管系に接続する。

損傷が深刻なプラントを基幹システムに接続し続けるより、この二隻を連結して、正常に機能するプラントだけを新たに組み直して、一つの基幹システムとして再構築すれば、現状よりも効率を向上できるかもしれない。そうなれば、連結した宇宙船に収容できる人数は何万人か増やせるかも」

ビスルはしばらく動かなかった。紗理奈の話を理解するのに苦労しているのが見てとれた。あまりにも異質な発想であるからだろう。

「分析しないと何とも言えないが、検討に値する提案だ。しかし、人類はそういう発想をするのか？」

「そうね、部品の共食いという発想は数世紀の歴史がある。その集大成が工作艦明石です」

二〇六年四月一五日・ネバス市

アーシマ・ジャライは行政機構のマネジメント・コンビナート移行に目処《めど》が立った時点で、セラエノ星系政府首班を退任した。ただ首相経験者ということで、マネジメント・コンビナートの行政セクターには籍を置いていた。

そうした中でアイレム星系ではテヨ事件が起こり、その余波として惑星レアに数万人のイビスを収容する都市を建設することとなった。そしてアーシマはマネジメント・コンビナートの意思決定チームの要請と、それに対する圧倒的な支持を得て、新都市ネバスの建築のプロジェクト・マネージャーに選ばれた。

そしていま彼女は、建設予定地に立っていた。

「まさか、実地でここに来ることがあるとは思わなかったわ」

アーシマは不整地用の八輪車で作業用道路を進んでいた。ドローンや衛星写真で全体を俯瞰することは可能だが、彼女の流儀としては、ここで生活するであろうイビスの視点でどう見えるかも把握しておきたかったのだ。

「確かに、普通なら砕石の捨て場くらいしか使い道がありませんからね」

そう言いながら八輪車をジョイステックで操縦するのは、アラン・ベネスだった。ザリフがアクラ市の市長時代に助役だった人物だ。ただ行政官の訓練を受けて助役になったのではなく、地元ゼネコンのマネージャーとしての手腕を買われて抜擢されたのだ。ザリフ自身も土建業から身を立てたことからもわかるように、アクラ市そのものが開発・建設と行政実務とがほぼ不可分な関係にあった。

そうしたことから考えるなら、アーシマのスタッフとしてベネスが入るのは当然のことと言えた。

「前から訊こうと思っていたんだけど、どうして手動で操縦するの？」

「自動運転でもいいですけどね、操縦すると、なんというか生きてるって実感があるというか。アーシマさんだってAIがあるのに首相だったじゃないですか」

「なるほど」

首相職はAIで完全に代替できない。彼女はそう考えており、それはいまも変わらない。しかし、ベネスとて助役を経験した人間だ。その彼がいう「行政職はAIに置き換えられる」という意見は単なる無知では片づけられない。

ベネスが言いたいのは、AIによって行政職が自動的に遂行されるシステムは可能だったということだ。それはマネジメント・コンビナートが、社会問題を認知し、分析し、意思決定を行い、実行するという一連のプロセスを自動化している現実を前にすると、むしろ正論であろう。

つまりベネスがいうAIとは単体の機械ではない。AIと連携した人間集団を意味しているのだ。

「でもまぁ、鉱山開発のための最小限の環境破壊の場としていた砂漠が、こういう形で活用できるとは自分でも思っていませんでしたよ」

彼らが移動していた岩石ばかりの荒地は、パゴニス鉱山近くの岩砂漠地域だった。最初、鉱脈は山脈の中に埋もれていた。そこに工作艦明石から隕石を落下させ、山脈ごと吹き飛ばすことで、露天掘りを実現させたのだ。

この作業の過程で粉砕された小惑星と山脈が飛び散り、そこに誕生したのがいま八輪車が移動している土地である。ここにイビスの居住地域となるネバス市が建設される。ちなみにネバスとは、イビスたちの言葉で「駅」を意味するらしい。

一面の荒野ではあったが、都市建設の面では意外に条件が整っていた。まず大陸を流れるトーゴ川の支流があり、都市を維持する水には不自由しない。またラゴス市とアクラ市のほぼ中間くらいの位置にあり、幹線道路を整備すれば、どちらの都市からもアクセスが容易だ。

「見てください、かなりの速度で工事は進んでますよ」

八輪車はネバス市の建設予定地を一望できる高台に到達する。小惑星衝突で生まれた丘陵なのだが、地盤は意外に安定しており、工事作業を指揮する建物群がここでも建設中だった。

ネバス市はイビス側からもチームが派遣され、彼らの要望を入れながら三次元プリンターで建設されるが、指揮所の建築群は支柱で強化したエアドームだった。一番高い建物でも三階しかない。

そして丘陵から下を見ると、無人の大型重機が自動運転で整地を進めていた。ネバス市の建設場所にここが選ばれたのは、露天掘りの鉱山開発を進めるために、これらの重機が集められていたという理由もある。

そうした建設重機に交じって、カラバス農場の大型トラックも数台走っているようだ。

「もう、動いてるの？」

「えぇ、イビス用食料を生産できる唯一の集団ですから。計画前倒しで動いていますよ。パホームの壊れた基幹システムから生物種を手に入れて、同等のシステムをネバス市で組み上げるとか」

「その計画は知ってるけど、もう具体化できる段階まで来たの？　かなり精密なプラントでしょ？」

アーシマは自分のエージェントに確認させる。すると、その部分だけ情報が更新されていた。通報艦ディアナが数時間前に帰還しており、そのデータがマネジメント・コンビナートに提供されたのだ。イビスの専門家とカラバス農場の技術者が同行しており、そこで設計に進展があったのだ。

「まぁ、アーシマさんが悲観するほど難しい話ではないそうですよ」

ベネスは楽観的な話にはあまり疑問を抱かない傾向があった。

「イビスの基幹システムは、宇宙船内に収容できる容積であることと、物質循環を完璧に行わねばならない点で技術的なハードルが高かった。でもこの土地なら空間の制約なんかありませんから、プラントを無理に小さくしなくて済むんです。

それに彼の人らの基幹システムの肝はほぼ完全な物質循環ですけど、ここでならロスが生じても問題になりません」

「それにしても、物事の進展が急激ね」

それに対するベネスの意見は、アーシマをはっとさせるものだった。

「我々もイビスも、文明世界を維持するのに必死ですからね」

損傷宇宙船二隻を結合して正常な宇宙船一隻を作り出す。工作艦明石と同様の発想である松下紗理奈の提案は、イビスに対して大きなインパクトを与えていた。イビスには「部品の共食い」というような発想はなかったらしい。修理の概念はあっても、使えないものを結合して機能させるという考え方は、植物叢の拡大を続けてきたイビスの歴史の中には生まれなかったようだ。枯れた植物叢は捨てるだけなのである。

しかし、人類とイビスの双方が詳細にこの問題を検討した結果、パホームとゾルザの正常部分の結合という提案は、思ったほどの効果をあげないことが明らかになった。

この問題の検討は、人類とイビスによる本格的な共同マネジメント・コンビナートにより行われた。いままでは人類とイビスがそれぞれ独立してマネジメント・コンビナートを構築し、交渉役が情報のやり取りをする形をとっていた。

しかし、イビスの都市宇宙船に甚大な被害を与えたテヨ事件以降、主にイビス側からマネジメント・コンビナートの統合という要望がなされるに至った。両者を将来的には統合するというビジョンは早くから出てはいたが、主として技術的な問題から課題が多いと理解されていた。

それがここにきて前倒しになったのは、テヨ事件の反省から、マネジメント・コンビナートの暴走という事態を再び起こさないために、二つの文明の融合を図ろうとしたからだった。

ただ、さすがにいきなり二つのマネジメント・コンビナートを統合するのは無謀とわかっていた。そこでパホーム、ゾルザ、バシキールの三都市宇宙船の修復のためのプロジェクトに限定した、人類・イビス共同マネジメント・コンビナートが組織されたのである。

松下案を分析し、却下したのは、その判断だった。

確かに松下案の「利用できる部分は最大限活用する」という意見の合理性は認められた。しかしながら、パホームとゾルザを結合し、システムを一体化するという構想は、必要な工数のわりに得られる成果は少ないという結論に至った。都市宇宙船二隻を連結して基幹システムを結合しても、効率化には限度があり、都市宇宙船が維持できる人口はそれほど期待できないとの結論に達したからだ。

ただ松下の提案は別のプロジェクトへと発展する。まずパホームを解体し、それを活用してゾルザとバシキールを完全に修復する。解体するのがパホームなのは、構造的に他の二隻よりも容易であるためと(人類にはパホームとゾルザは同型艦に見えるが、外見以外は構造が異なっていた。これは構造を変えることで、同じ外的な要素に対して、三隻全体が機能停止に至らないためと説明された)、損傷具合が一番深刻であったためだ。

現在の都市宇宙船の人口はパホームとゾルザが共に七万人、バシキールが一四万人であるが、ゾルザはプラス一万人、バシキールはプラス二万人の収容能力があるので、パホームの七万人のうちの三万人はこの二隻で収容できる。

残り四万人をタラースで収容できれば話は簡単だが、こちらにはまだそのような能力はなかった。臨時に収容できる人数も一万足らずであるし、さらにイビス人口は近いうちに二万人増えるので、六万人分の収容能力を確保しなければならなかった。

この六万人をどうするか？　そこにもパホーム解体が意味を持っていた。それはパホームのAIシステムをも解体し、惑星レアに輸送することで、六万人のイビスのための独立した都市を建設するというものだった。

ただイビスのAIシステムが機能を維持するためには、パホームのAIと同等の能力のものが、最低でもあと二基必要であった。このためパホームのAIのコピーを人類とイビスが協力して作成することが決まった。

これもゼロからの作成であれば相応の時間が必要だった。しかし、これには惑星レア軌道上に置かれているガロウ・ボックスを活用することで、開発時間を最小限度にすることができた。AIの能力を増強した上で、パホームのAIが必要な教育を行えば、同等の能力を持ったAIシステムが手に入る。

こうしてタラースが完成するまで、イビスが惑星レアで文明生活を維持できるだろう。そしてこの一連のプロジェクトを成功させることは、セラエノ星系の人類一五〇万人が自分たちの文明を維持することをより確実とするだろう。イビスという異質な文明の存在は、それほどの影響を人類にもたらしていた。イビスから提供される高度技術製品は、セラエノ星系での文明維持にとって貴重な存在であったためだ。

このように基本的な危機管理計画の方針は立てることができたが、計画と現実は言うまでもなく異なる。三隻の都市宇宙船の解体と修理にしても数万人のイビスの移動を伴うことになる。しかも一連の計画では、その移動するイビスもまたプロジェクトに参加してもらわねばならなかった。事業の大きさに比して人類もイビスも総人口が十分ではなかったためだ。

このため誰がどこにどのように移動するかについても綿密な計画が必要であるとともに、状況の変化に即時対応できなければならなかった。

そして計画は、バシキールとゾルザの修理とタラースの完成が当面の目標とされた。この目的のために計画は大きく二段に分かれた。第一段は惑星レアにイビスの専用都市を建設すること。タラース建設や都市宇宙船修理には現場だけでなく、それを支える後方にも人材が必要であり、同時に人類との共同作業が不可欠であることからも、惑星レアに都市機能を建設するのは望ましかった。

そしてイビス都市建設に目処が立ったなら、タラース建設にプロジェクトの中心は移る。すでに惑星レアに都市があるため、都市宇宙船からの人員移動は問題なく行えるはずだった。

ただしそれはマネジメントが簡単であることを意味しない。星系間の移動一つとっても、人選や移動頻度を毎回調整する必要があり、アイレム星系からセラエノ星系への移動に限らず、その逆に関しても適切なタイミングが求められた。それらを調整するにもマネジメント要員が求められたのだ。


「工期が短縮できる理由ですか。イビスも惑星レアの大気を呼吸できるからです」

カラバス農場側の責任者は下田カンと名乗っていた。彼はマネジメント・コンビナートで複数のプロジェクトに関わっているため、カラバス農場の自分のオフィスにいた。ただネバス市と比較的距離が近いので、仮想空間を共有するのになんら障害はなかった。

「イビスの基幹システムは宇宙船用なので、漏出のない物質循環を行わねばならず、空気もその例に漏れません。

しかし先日、イビス側より確定事項と認定されたのですが、イビスは惑星レアの大気を呼吸でき、健康面に悪影響はありません。この辺は我々と同じ状況です。

これはつまり都市宇宙船の基幹システムの重要部分を占めていた、空気循環と再生が不要となることを意味します。それだけ構築すべきプランが簡略化できます」

アーシマはその説明を前に考える。現時点でネバス市はイビス側の人口増も考慮して、総人口一〇万人に対応できる都市として設計されていた。

それはイビスが基幹システムに大きく依存していることから、居住環境としても彼の人らにとって必ずしも良好ではなく、あくまでもゾルザとバシキールの修理が終わり、タラースが完成するまでの一時的なものと思っていた。

しかし、惑星環境を活用できることで、都市宇宙船より簡易な基幹システムで彼らが生活できるなら、惑星レアにあるネバス市はイビスの居住空間として拡大を続けることもあり得る。

イビスが自分たちの惑星を侵略するようなことはアーシマも考えてはいない。この七年に及ぶ相互交流からも、彼らにその意図はなく、また能力もない。

イビスの人口が増加し、その生産力が向上したとしたら、その時には彼の人らの生産力増強により人類の方も人口を増やしているだろう。現時点で把握している範囲で、直近の数値こそ低いものの、この一〇年ほどの人口増加率は人類の方が高い。

そもそも惑星一つに、イビスを合わせても総人口は二〇〇万人にも満たないのだ。

だが問題は別にある。惑星レアの人類は、五光年という異文明との隔たりが一気に五〇キロまで縮まるのだ。それは一時的ではなく、恒久的なものとなるかもしれない。

「ネバス市が完成したら、我々はもう後戻りできないわね」

それを聞いたカンは意外そうな顔をみせる。

「アーシマさん、地球圏との交通が途絶した時から、我々に後戻りするなんて贅沢はないんじゃないですか？」


二〇六年五月一日・工作艦明石（アイレム星系）

「都市宇宙船パホームを解体する」

人類とイビスのマネジメント・コンビナートが出したこの結論は、その作業を行うにあたって工作艦明石を活用するのが前提となっていた。

このためセラエノ星系からアイレム星系には内航船用のパラメーターを活用したが、明石のような大型宇宙船の場合は、パワープラントにかなりの余裕があるため、いままでより質量を増大させてもワープが可能となった。つまり解体したパホームのプラントなどを輸送できるということだ。

もちろんセラエノ星系でも宇宙空間で作業すべき案件は多かったが、それは工作艦津軽に引き継いでいた。パワープラントの能力で言えば、二隻の宇宙船を結合した明石より大きな宇宙船はないのである。

そして、狼群妖虎が完全にマネジメント・コンビナートの技術開発分野の担当となったことで、名実ともに松下紗理奈が明石の工作部長になっていた。パホームは独立したモジュールを組み合わせて一つの都市宇宙船になる構造であるため、明石の最初の仕事は、そのモジュールの接続を解き、損傷した基幹システムを取り出すと同時に、それが抜けた穴を埋める応急用のモジュールを接続することだった。

モジュール構造とは言いつつもそれらの解体は容易ではなかった。たとえば隣接するABCの三つのモジュールの中からBだけを取り出すような作業だ。しかし、Bを抜き取ってもAとCが機能するように、両者を結合する仲介モジュールが別途必要になる。

このため工作艦明石は、パワープラントの増設だけでなく、作業用アームの追加を行うなど、その外観も昆虫のようなものになっていた。パホームの解体作業を行う明石の姿は、宇宙船の屍体を巨大な昆虫が食い荒らしているようにさえ見えた。

セラエノ星系から通報艦ジュノーに乗って、狼群妖虎が訪ねてきた時、松下はその理由がわからなかった。作業の進捗状況は一日一回、星系間を往復する通報艦のデータとして載せてあり、多忙な妖虎が来る必要はないはずだった。

そもそも妖虎が通報艦ジュノーでやってきたのも不思議だった。この船はアイレム星系とセラエノ星系が直接通信できないことを補うために新たに建造された船で、簡単に言えばコンピュータの記憶装置にワープ機関を載せたようなものだ。軽快だが情報伝達に特化した船であり、人間は五人程度しか乗船できない。狼群妖虎ほどマネジメント・コンビナートで複数の重要プロジェクトに関係している人物なら、チームとともに行動するので、否応なく大型船となるからだ。

何よりも驚いたのは、妖虎が明石に移動するのではなく、仮想空間を使うのでもなく、松下をジュノーに招いたことだった。ただ妖虎がこんな真似をするのは、よくよくの理由があるからだろうとは松下も予想はついた。

ギラン・ビーを使ってジュノーに移動すると、松下は指示されるままに、エアロックから船内を移動する。もとより大きな宇宙船ではないので、廊下を進めば操縦室も兼ねたキャビンに行き着く。

「お久しぶりです」

松下に挨拶をしてきたのは、ヒカ・ビスルだった。イビスの中でもトップクラスの科学者で、イビスAに属しているという。

イビスの三種は生殖不能な組み合わせがあるほど異なっており、思考の方向性に違いがあると説明されていた。しかし知的な能力は、種の違いより個体差の方が大きいとも聞いている。

抽象思考が苦手と言われるイビスCに属しながら、広い視野で人類との交渉を行なったガロウなどがその典型だが、ヒカ・ビスルも抽象思考が得意とされるイビスBに属さない一人という。ホモサピエンスのみの人類社会ではなかなか納得されなかったが、イビスにおいて社会的成功と帰属する種には相関関係さえなかった。それどころか母親が自分とは異なる種の子供を産むことさえ珍しくなかった。

じっさい母親としてガロウは四人、ビスルも五人の子供を成した経験があり、ガロウはイビスAとC、ビスルはイビスABCすべての種の子供がいるという。

「お久しぶりです」

松下はヒカ・ビスルとは何度となく技術的な情報交換をしてきたこともあり、例えば先日のパホームでの損害確認は共に行なった。個体識別できる数少ないイビスの一人だ。

「それで、お二人がいらした理由は？」

「地球へのワープパラメーターが発見されたかもしれない」

妖虎のその言葉に、松下は絶句した。地球圏との交通回復は、すでにセラエノ星系の文明維持の問題に留まらない。地球人類がイビスの存在を知ったなら、全力をあげて盤古に通じるパラメーターの発見を行うだろう。そうなれば地球圏と盤古は直接交流することが可能となる。二つの文明の母星への交通回復は、自動的に文明全体が接触を持つことを意味する。妖虎らがその情報の扱いに慎重になるのもわかる。

「しかし、どうやって？　昔のE1やE2という試験用宇宙船はすでに失われ、後継機は生産されていないはずです」

E1やE2は、老朽化したワープ宇宙船を解体して作り上げた、ワープパラメーターを調査する宇宙船だ。しかし、すでに何年も前にどちらも使用不能となっていた。

「一番大きな影響は貿易だ。内航船や通報艦の頻繁な移動により、ワープパラメーターと航行ログの蓄積がすでに膨大な量になっている。それらと比べれば頻度は少ないが、明石や津軽の移動もデータは残っている。明石の場合は、質量が他の宇宙船の数倍あることも大きい。

以前、AIがワープパラメーターを言語として解釈していると話したことを覚えている？」

「覚えてますが……」

議論そのものは数年前に遡る。言語解釈を行うAIが、ワープパラメーターに言語的な規則性を認めたというものだった。ただし規則性があるというだけで、文法を見つけたわけではない。

「最近になって人類とイビス、双方の言語翻訳AIが膨大なワープパラメーターから、非常に特殊な文法ながらワープのための言語を発見した」

「発見とおっしゃいましたけど、AIの発明ではなく発見だと？」

松下がこの話を信じられないのには、然るべき理由がある。仮に言語とした場合、それは誰に対する言語であるのか？　言語を理解する相手がいなければならない。

この話を延長すれば、ワープとは宇宙の神のような存在に、正しい呪文を唱えて行う魔法と大差ないことになる。

「発明ではない。発見です。ただし、言語としてはかなり特殊です。というより、大きな言語体系が存在し、我々はその中のワープに関する言語について、一端を知るに至ったということです」

そうして妖虎は、キャビンの空間にその言語を表示する。

「これ、言語なんですか？」

立体映像に言語を表示する意味が最初はわからなかったが、細部を見た松下はその必要性を理解した。言語という言葉にイメージが引きずられていたが、それは主語と述語のような単純なものではなかった。

基本的にワープ航法で定めるべきは、現在位置とワープアウトの位置であるが、それぞれの位置について様々なパラメーターが複数の次元にまたがり、関係性を持っていた。

さらにエネルギーや質量という項目もあり、それもまた重要な要素らしく、やはり複数の次元にまたがる多数のパラメーターとの関連を持っていた。人間にわかるように意図的に立体映像へと再構築されているが、この大脳の血管系を連想させるような複雑な構造も、単純化したモデルに過ぎないのは松下にも理解できた。

「あの、エネルギーと質量という要素が、ワープの座標決定に重要な意味を持つような構造に見えるんですが、これはどういうことでしょう？　人類の科学ではエネルギーも質量も等価に扱うのが普通では？　それは表現の問題としても、やはりワープパラメーターと宇宙の構造との関係を示しているかもしれませんが、言語というのは言い過ぎでは？」

妖虎はそうした反論を予想していたらしい。あるいは彼女自身も同じことを考えたのだろう。

「エネルギーと質量は簡単な話。大型宇宙船でなければ恒星間航行はできなかった。つまり機関出力がエネルギーというパラメーター。そして、それらのコンポーネントを収容する宇宙船は重いってこと。

このパラメーター設定にしか見えないものがどうして言語なのか？　ワープ機関を作動させるとき、各種センサーが空間特性を計測して座標を特定するのは知ってるわよね。

ＡＩがナノ秒単位の間に行なっている作業は、我々は計測と認識しているけど、言語の視点ではワープ機関による空間との会話なの。センサーが計測し、空間が反応し、それをAIが認知して、ワープ機関が作動し、空間がその作動に反応する。空間と宇宙船のデータのやり取りこそ、会話なの」

装置の計測と外界の反応を会話というなら言えるだろうが、それは言葉遊びに過ぎない気がした。ただそれくらいのことがわからない狼群妖虎ではないことも、松下はわかっていた。だから彼女は、言語構造に不備を見つけることで、この理解できない話を終わらせようとした。

「このワープ言語には座標、エネルギー、質量がありますが、時間については何も項目がないように見えます。私の解釈が間違っていないなら、エネルギーに関連する要素に時間的な変化を表す部分があるくらいです。

しかし、ワープは一種のタイムマシンと呼ばれているのに、どうして時間のパラメーターが欠如しているんですか？」

「それに対しては私から説明します。狼群さんも最初は理解してくれませんでしたが、我々には自然な発想ですから」

ヒカ・ビスルが発言する。このために彼の人はいるようだ。

「基本的な問題は、それぞれの生物種が異なることによる認知の違いと理解しておりますが、イビスにとって人類の科学理論でもっとも理解し難いのが時間の概念です。あなた方は、その概念から自然現象をモデル化し、そして技術文明を構築した」

松下は建設や開発などの技術面でイビスとの共同作業を行なってきたので、彼の人らの基礎科学についてはあまり調べることはなかった。複数のプロジェクトを進める中で、概念がまるで異なる科学理論体系を学ぶ時間がなかったためだ。

だから時間の概念が違うらしいとは聞いていたが、あまり深入りしたことはなかった。

「イビスは違うのですか？」

「翻訳AIは、我々の用いる状況の変化に関するパラメーターに時間という語を割り当てているらしい。確かに日常生活ではそれで困ることはないでしょう。しかし、科学理論の体系の中で我々イビスに時間の概念はない。だから正直、あなた方のいう時間は、単純に認知の歪みと理解している」

時間の概念が違うどころか、そんな概念はないと言われるとは思わなかった。そしてビスルは続ける。

「我々にとってもっとも理解し難い人類の思考実験は、タイムマシンというものです。そこからタイムパラドックスという不可解な概念が派生する。正直、これだけの技術文明を築いた人類が、こんな問題を議論している事実そのものが、我々には納得できません」

そして空間に自動車が現れた。側面にはタイムマシンと書かれている。思考実験だからこれでいいのだろう。

「このタイムマシンの原理をここで議論しようとは思わない。ただ一つ確認したいのは、いかなる原理であれ、この宇宙で製造された装置である限りは、エネルギー保存則や熱力学の第二法則には従うということだ。タイムマシンであろうとも、この原理から逃れることはできない。これは了解できるか？」

「了解する」

松下はそう述べたが、何とも不安な気持ちになった。

「ここから君たちが頻繁に引用する、親殺しのパラドックスの解説をしたい。それこそが認知の歪みを的確に表していると思うからだ。

さて、タイムマシンが作動し、それは出発時点から計測して、然るべき昔に到着したとする。議論の前提として確認したように、この宇宙でタイムマシンが到着した場所と時代においてもエネルギー保存則は適用される。

つまりタイムマシンの作動前と作動後でエネルギー保存則は生きている。ここで操縦者は自分の親の元に向かいピストルで殺したとする」

自動車から模式化した人間が降りる。手には不釣り合いに大きなピストルを持っていた。

その人物は、親と書かれた模式化された人間を射殺する。

「エネルギー保存則や熱力学の法則が維持された状況であるから、タイムマシンが到着した時点で、この人物はその宇宙の存在の一部になった。この人物がピストルを使用しても、正常に動作する。そして正常に動作することで、親を殺すことができる。すべては君らが過去と呼ぶ宇宙での出来事であるからだ」

そして、ピストルを持った人物はタイムマシンの自動車に乗り込む。

「さて、タイムマシンに乗った人物はこれからどうなるか？　原理を論じていないタイムマシンなので複数の結論が考えられるが、一つ確実なのは、便宜的にこの言葉を使わせてもらうなら、過去から未来に帰還するとしても、やはりエネルギー保存則などの基礎的な物理法則からは逃れられないということだ。

タイムマシンは未来から過去に移動するために、小規模であってもエネルギーを消費するだけでなく、常にエネルギー保存則を維持してきた。だから未来から過去への移動とは、それが一つの惑星の中で完結している小さなものであったとしても、宇宙の改変に他ならない。

したがって改変した宇宙から未来に戻れるかどうかは、純粋にエネルギーの問題となる。一度改変した宇宙から、再び元の未来というさらなる改変した宇宙に戻るとなれば、必要なエネルギー量は急増するだろう。

タイムマシンは必要なエネルギーを賄うことができず、その場にとどまるのが一番蓋然性が高い。熱力学的に言えば、過去に止《とど》まるのがもっともエネルギー準位が低い状態なので、そこが一番の安定解となる」

「でも、未来から来た人は、もともとその宇宙にはいなかったのでは？」

「だからタイムマシンによりエネルギーを消費し、宇宙のエネルギー保存則を維持した結果、宇宙を変えたわけだ。タイムマシンを動作させた人間が知っている過去の世界は、この意味ではすでに宇宙にはない。変えたのだから。

したがって、ここで残るのは自分は未来人であるという記憶を持った人間と、死体が一つとなる。君たちは過去というが、それは結局、現在から見ての情報の相違に過ぎん。宇宙のエネルギーは保存されているから、過去と未来の違いは情報の相違でしかない」

親殺しのパラドックスについて、こんな解釈は初めて聞いた。それでも松下は、なお質問を続ける。

「思考実験だから、とりあえず親を殺してもタイムマシンが帰還するためのエネルギーは確保されているとした時、どうなるの？」

「タイムマシンで未来に戻らない、あるいは戻れないというのがもっとも蓋然性の高い結論だが、思考実験を続けよう。

　タイムマシンが宇宙を改変する装置であるなら、改変が大きければ大きいほど帰還に必要なエネルギー量は増大する。

　それでもエネルギー準位が低く、蓋然性が高いものを考えるなら、戻った宇宙は、親が死亡したまま物質循環が続き、社会が構築されてきた未来だ。帰還した未来は、帰還するという選択肢の中ではもっともエネルギー準位が低い宇宙であるが、帰還した人物の記憶している社会とは様々なものが違っているだろう。

　ただし、ここで考えるべきは、タイムマシンの稼働で改変される宇宙は全体としては一部ということだ。帰還した人物にとって異なる未来であったとしても、社会の大きな流れに違いはない。

　問題はこの人物が、未来から過去に移動し親を殺して戻って来たのか、タイムマシンなど操縦せず、ただおかしな記憶を抱いているだけの人物なのか、検証不能ということだ。なぜならその人物が移動した、すべての宇宙で物質もエネルギーも保存され、その人物がその宇宙で存在することに何の問題もないためだ」

　タイムマシンを見れば時間旅行者とわかるではないか？　とは思ったものの、松下はそんな反論はしない。この思考実験の本質は、そんな瑣末な部分にはないからだ。

「エネルギーの投入が十分に大きければ、思考実験上、帰還者は自分が知っている元の宇宙に戻ることができる。ただし、元の宇宙であるから過去に親が自分に殺されたという事実も消滅している。

君たちのタイムマシンの議論では、未来の技術を過去に持ち込めば歴史が変わるのは矛盾とされる。だがタイムマシンが過去に行くというのは、宇宙を改変することなのだから、持ち込まれた技術は別の宇宙の産物であり、歴史は変わるとしても矛盾など起きない。過去や未来は操縦者の記憶という情報にしかないのだ。

つまりこういうことだ。一度でもタイムマシンを使ったら、その時点で宇宙は改変されており、どのような時代に現れ、何を為したところで、パラドックスなどは起きない。ただエネルギー保存則と熱力学第二法則だけが普遍かつ不変ということだ」

「ビスルの理論だと、我々の過去の歴史も主観情報に過ぎないというわけ？　過去の現実はどうなるの？」

松下は反論を試みるも、むしろ自分の経験から言って、ビスルの理論の方がワープにまつわる問題をうまく説明できることを理解した。ワープアウトした宇宙船が常に未来に現れるのは、タイムマシンだからではない、その時間と場所に現れるのが一番蓋然性が高く、宇宙から見てエネルギー準位がもっとも低いから。それだけのことなのだ。それでもビスルは松下の反論に答える。

「もちろん過去の事実関係は客観的に存在する。しかし、それらの認識は主観的にならざるを得ない。なぜなら事実関係のすべての情報を認識することは不可能だからだ。思考実験とはいえ、タイムマシンという概念には、なぜ操縦者はそこが過去と結論できるのかという重大な問題が無視されている」

「思考実験はわかった。現実の問題に戻りましょう。一番重要な問題、ワープパラメーターを解釈する主体は誰なの？」

力なく尋ねる松下にビスルは意外なことを言う。

「人類は幾度となく、我々が惑星バスラを植民せずにいる理由を尋ねてきた。確かに、最初の頃は地上に都市を構築しようとした時期もあった。しかし、我々はここが特別な惑星であることを知った。

結論だけを言えば、この惑星の環境条件は、生物の生息に必ずしも理想的ではなかった。だが惑星で誕生した原始的な生物群は、数を増やし進化するに従い、惑星環境を生物の生存に適した形に改造し始めた。生態系そのものが環境改善のために独自に進化してきたのだ。

これが如何に驚くべきことか、あなた方ならわかるだろう。この惑星の生物群は環境改善という共通の目的のために、進化した。それが偶然ではなく、一つの目的のために進化に方向性を持っていたことを確認するために、我々は長い年月にわたり、この惑星の地下で暮らしていたのだ」

「それとワープパラメーターが言語であることに、どのような関係が？」

「惑星バスラの生態系は目的を持っているが、それ自身は情報処理はしていても思考ではない。また自由意志も有していない。それは目的のために最適化された自動装置として進化してきた。

我々が惑星バスラの生態系をここまで重視しているのは、それが我々の理解している宇宙の構造と相似形をなしていると考えるからだ」

自分は何を聞いているのか？　松下はわからなくなってくる。しかし、妖虎はすでに話を聞き、そして驚くべきことに納得しているらしい。

「宇宙はどのように誕生したのか？　人類はビッグバンを宇宙の創生と考えているが、この点はイビスも同様だ。理論の表現や展開にいささかの相違はあるものの、事実関係の認識は同じだ。ビスルはそう理解している。

人類に理解できる表現で言うならば、イビスは一万年以上前から人類のいう望遠鏡による天文観測を行い、無人探査機を用いて一万光年の範囲で天体観測を行なってきた。我々の居住環境を支える植物叢の健康には、天体の運行が重要と考えられていたためだ。そうした流れからすれば比較的経験は浅いが、いわゆるワープ航法を用いた探査機も投入している」

イビスがかなり古い歴史を持つ文明種族なのは以前より明らかになっていたが、その詳細な歴史まではわかっていなかった。時間という観念が根本的に違うために、歴史認識が異なるのだと解釈されていた。

だから、この一万年以上前というのもどこまで額面通りに受け取れるかには疑問がある。しかし、少なくとも人類よりも遙かに以前から観測を行なっているのは間違いないだろう。

松下はそう理解した。

「個別の事例は後ほどデータを提供する。典型的な例を挙げる。イビスが接触した異なる文明は人類のみだが、イビスが知っている人類以外の文明は二つある。どちらの文明も相互に数万光年の隔たりがある。

当然のことながら、ワープ以前の方法ではこの二つの文明に通信を送ることさえ叶わない。だからまずその文明について、長期間の観察を行なった。そしてワープ技術が可能となると、それらに無人探査機を送った。こうした理由は理解いただけよう。

探査機は技術的に最初は一〇光年ほどしかワープできなかったが、その距離は一〇〇光年、一〇〇〇光年以上と伸びていった。

そうしてデータを集積した結果、予想外のことが二つ起きた」

「無人探査機の能力が向上しても、探査機はどちらの文明圏にも到達できなかった？」

松下はそう思った。単純な距離だけ言えば無人探査機が未知の文明圏に到達できるはずなのに、彼の人らが最初に遭遇したのが人類なら、つまりこれらの先進文明には接触できなかったと考えるしかないからだ。

「一つはその通りだ。どちらの文明圏にも我々の無人探査機は到達できなかった。外から文明の放射する情報を集めるのが関の山だった。それどころか、我々がワープできる領域が突如として狭《せば》まった。およそ一〇〇〇光年前後の領域外にはワープできなくなったのだ。このため一〇〇〇光年以遠の植民星系とは連絡が途絶してしまった。セラエノ星系の人類が経験していることを、我々は地球側の立場ですでに経験していたことになる。

しかし、そんなことは序章に過ぎない」

不思議な映像が現れる。複数の星系群の姿が描かれ、それが距離を置いて等間隔に一〇個ほど並んでいる。並んでいる間隔は時間ではなく、距離だろうと松下は考えた。どうやら始点の位置にあるのが文明の発祥地らしい。イビスの発想に、時間で区切って並べるというのはなさそうだからだ。ただ距離だとして何を意味しているのかわからない。中間あたりで星系群の配置が急に変化しているからだ。

「人類にわかる表現をすれば、我々のワープも距離が遠ければ遠いほど未来にワープアウトする。そしてワープ技術の黎明期には、探査機はこれら星系群の文明が徐々に発達しているのを観察していた」

その星系群は、数が増えると明るさも増していた。文明の発展と共に外部に放射される文明のノイズの量を表したものと、松下は解釈した。それは文明が消費するエネルギー量にほぼ等しい。

「ところが星系文明に至近距離まで接近した時、文明の形は劇的に変化していた。その変化を一言で表すなら、天体を自律的な情報存在に改造するとでもなろうか」

「惑星バスラの生態系が自動装置化するように？」

松下のそれは半分は勘であったが、ビスルは自分の意図が通じたことを喜んでいるようだった。

「妖虎さん、あなたの人選は正しい。松下さんならビスルの非常識な話を理解してくれる。続けましょう。この現象は相互に一万光年離れた文明で観測された。最初、文明は線形的に進歩するのではなく、断続的に、つまりある段階から劇的に進歩するのかと考えた。

だが我々は過去の観測結果を丹念に分析し、そしてある結論に至った。文明が断続的に進歩したのではなく、一つの文明が別の文明に上書きされた」

「よく意味がわからないのですが……」

「先ほどのタイムマシンの話を思い出してください。たとえば主人公がタイムマシンで六月一日から一月一日に行き、自分の親を殺したとする。思考実験として、主人公は自分の時代に戻らないとしてください。この時点で宇宙は局所的ですが改変された。それはすでに説明した通りです。

そして、主人公が出発した翌日の六月二日は、タイムマシンによりその宇宙のエネルギー保存則も熱力学の法則にも矛盾がないので、そのまま物質系は相互作用を続けます。分子レベルで何の問題もない。

一方、主人公が残った一月一日以降の宇宙は、やはりタイムマシンのためにその内部では問題なく、分子レベルで物質系は動き続ける。これも問題ない。

そうして主人公が滞在し続ける宇宙では二日、三日と状態が推移する中で、六月一日になったなら、それまで続いた物質系の動きは、エネルギー保存則や熱力学に従い活動を継続する。

一本道を想像してください。そこにAとB、二台の自動車がある。Aは〇に、もうBは一〇の位置に。どちらの自動車も同じ速度ならBが二〇に到達した時、Aは一〇に到達する。道路にはBの轍《わだち》が刻まれるが、Aが一〇に到達してからは、Bの轍はAに上書きされる。この轍が、人類が歴史と表現するものです。そしてこれと同様の現象が、イビスが観測を続けた二つの文明に起きたことです」

「それは、この宇宙の時空の構造がそうなっているということでしょうか。ビスルが言うような観測事実があり、その事実の解釈が正しいとしましょう。

しかし、忘れないでください。我々が言っているのはワープ言語が存在するとして、その言語を解釈する主体は何かです！」

「端的に言えば、宇宙を成立させている構造です」

「それは何？　物理法則か何か？」

「構造が法則を作り、法則もまた構造を作る。我々が惑星バスラの生態系の自律性、あるいは自動性を長年にわたり研究し続けてきたのは、宇宙が自己の構造を複雑化させる自動性との相似を確認するためです」

「惑星バスラの生態系の自律性を理解することが、宇宙の自律性を理解することになる……」

話がこのような展開と関連性を持つとは松下も思わなかった。そしてビスルは続ける。

「宇宙が恒常性の維持という方向性を持つとした時、ワープは本来的には知性体による文明を過去に移動させ、歴史の上書きを繰り返すことで、自律性を複雑化・高度化させる機能と考えています。

誤解を恐れずに言うならば、宇宙の進化の自動性には知性体による文明の存在が必要であり、それ故に宇宙は文明がより誕生しやすい方向、つまりは恒常性を指向する。宇宙船の航行装置として我々がそれを活用しているのは、宇宙の自律装置の一部に手を触れた段階に過ぎない」

「それは、二つの先進文明の観測結果だけから導いた結論なの？」

そんなはずはないと松下は思っていたが、しかし、確認せずにはいられなかった。

「もちろん、幾つもの観測や実験があります。

もっとも信憑性の高い実験では、我々は小規模なビッグバンを再現し、一二の二〇乗ほどの微細宇宙を作り出しました。一二の一九乗、つまりほとんどすべての微細宇宙は誕生と同時に消滅した。だが自律的な構造を持つことに成功した微細宇宙は、もっとも長命なものはナノ秒単位まで存在しえた。

我々の宇宙がビッグバンで誕生したにもかかわらず、単純に発散せずにむしろ恒常的な存在になろうとしているのは、宇宙の背景にそうした自律した構造があるからです。ワープパラメーター言語は、その自律構造に働きかけるのです」

松下の人生でも、これほど頭脳をフル回転させたのは何年ぶりだろうか。しかし、真偽は言わないとしても、ビスルの話は魅力的だった。

「そうした自律性の結果として、人類とイビスはボイドで遭遇したの？」

「それが構造です。ワープ段階にない文明はボイドに到達できない、高度文明はボイドに囚われることはない。ワープは可能だがボイドには囚われる水準の文明だけが、ここで遭遇する。そして宇宙の自律構造を強化するのでしょう。どんな形で行うかは分かりません。我々の次の世代の話かもしれない」

「分かりました」

そして松下は息を整える。

「それで地球へのワープのパラメーターが発見されたとして、私に相談とは？」

「パラメーターを解釈してほしい」

妖虎が、地球へのワープパラメーターの構造を示す。

「私の解釈だと、地球へ行くためには明石の一〇倍以上の質量の宇宙船が必要になる。そのような宇宙船は建造可能かどうか、意見を聞きたい」

それは、松下には意外な話だった。

「先輩ほどの人が、そんなこともわからないんですか？　簡単じゃないですか、完成したタラースにパホームのワープ機関を搭載すれば、このパラメーターの条件は成立します！」

二〇六年五月五日・第二軌道ドック

「基本設計はタラースの中心部と同じか」

西園寺は、自分に委ねられた宇宙船建造計画のアウトラインを立体映像で確認する。形状は直径一キロ、長さ一・八キロの円筒形で、アイレムステーションの拡大版といったところだ。これにワープ機関や推進機を取り付けてワープ宇宙船とする。

「それで、私がこれの……」

「名前はセラエノ号だ。地球圏に向かう人類の宇宙船としては面白みはないかもしれないが、一番無難だろう。ともかくイビスの存在を前提とすれば、大型宇宙船が一隻では心許ないからな」

西園寺は、第二軌道ドックの居住区内にあるアーシマのオフィスに呼ばれていた。マネジメント・コンビナートが社会機能の多くを動かすようになると、経験を積んだマネージャーとしてアーシマや西園寺は、色々なプロジェクトに呼ばれることが多くなった。

そこは適材適所で、同じマネジメントでも、プロジェクトの立ち上げという段階では、アーシマや西園寺に声がかかることが多かった。

たとえば惑星レアで建設中のイビスの居住区であるネバス市は、いまでこそアーシマが担当者だが、完成したあかつきにはキャサリン・シンクレアが維持管理を担当すると決まっていた。ただイビスの都市である関係で、玄関口となる第二軌道ドックにもアーシマは執務室を持っていたのだ。

アイレムステーションの指揮官だった西園寺も、セラエノ星系に戻ってからは妻のセルマと共に宇宙でのインフラ整備に関わっていた。

「セラエノ号の開発を請け負うということは、これで地球に戻るときは、私が艦長ということですか？」

「艤装委員長ということだから、順当に行けばそうなる。ただ地球に行くかどうかはまだわからない。実はネバス市の拡張がなされるなら、都市宇宙船ゾルザのワープ機関をセラエノ号に提供するという申し入れがイビス側から為された。これを受け入れるなら、ワープ機関を転用するために青鳳を解体しなくても済む」

「ほう、貴重な都市宇宙船を解体してもいいと」

「ただし、盤古に向かうワープパラメーターが明らかになれば、そちらが優先される。タラースが地球にワープするのだから、公正な提案でしょう」

「イビスって、そこは楽観的なんですね」

西園寺はそう自分の気持ちを述べたが、アーシマの解釈は違った。

「イビスの宇宙観よ。地球圏にタラースがワープしたら、盤古のパラメーターも明らかになる。それが宇宙の自律構造の作用だとね」

タラースクラスの都市宇宙船であれば地球圏へのワープが可能となる。この新事実はセラエノ星系では比較的冷静に受け止められた。一つには地球圏との貿易がなくとも、自分たちは文明を維持できるという、最初は疑問符がついた命題に対して、この七年の経験から自信を持てるようになったことがある。むしろイビスとの共棲関係に、地球圏政府が横槍を入れてくるのではないかという警戒感の方が強いくらいだった。良くも悪くも、セラエノ星系社会は辺境植民地として閉じた社会だったのだ。

さらに、異星人であるイビスとの交流という前例のない事態を経験していたため、地球圏との交流再開という事件も相対的に小さく感じられたためだ。

「知ってると思うけど、タラースの人類側の責任者は夏クバンが担う」

「で、セラエノ号も地球圏の人間である自分ですか。どうしますかね、宇宙船建造は引き受けますが、艦長になるかどうかは保留にしたいですね。セルマもいるし、私はもうセラエノ星系の、いやボイド圏の人間です。仮に地球に行ったとしても、必ずここに戻ってきますよ」

そんな西園寺にアーシマは問いかける。

「地球とは限らない、パラメーターが発見されたら盤古に戻るかもしれないのよ？」

「同じですよ、この七年で一生分の冒険をしてきました。そろそろ腰を据えたい」

「セルマさんが盤古に行きたいといったら？」

アーシマにそう言われ、西園寺は即答した。

「まぁ、その時は、人生のパートナーを支えるために働きますけどね」

どこかの時代・どこかの場所

「工作艦明石との通信を確認」

都市宇宙船タラースは無事にワープに成功した。タラースの意思決定は艦長という職ではなく、艦内のマネジメント・コンビナートにより、エッ・ガロウと夏クバンのチームで行われることとなった。イビスと地球人の合計一五万人が、地球圏にいきなり現れることになるのだ。だから二つの文明の代表者が意思決定にあたらねばならなかった。

工作艦明石はタラースの中心軸内に収容されている。まず明石が地球に接近し、状況を説明するためだ。また万が一の場合にセラエノ星系に戻る役目も負っていた。

「クバンさん、分析結果が出ました。この星系が太陽系である確率は七八パーセントです」

観測チームの報告に夏は首をひねる。どうして七八パーセントなどという中途半端な数値になるのか？

地球へ戻る。それを決断するのは夏にも勇気が必要だった。地球に残した夫や子供のことを忘れてこの七年を過ごしてきた。いま戻っても昔のようにはいかないだろう。それを承知で彼女はこの航行の意思決定の責任を引き受けた。セラエノ星系の市民として生きるとしても、地球でのけじめは必要と思うからだ。それが地球かどうかわからないでは気持ちの整理がつかない。

「クバンさん、ここは太陽系に似た別の星系では？　系内に宇宙ステーションもコロニーもなく、そもそも通信電波が傍受できません」

宇宙船の運航を担当するチームの困惑が仮想空間の中に広がる。

「ええと、分析によると概《おおむ》ね地球の位置に地球類似の天体が存在しますが、地形にいくつか相違があるようです。詳細分析は明石の報告待ちです」

観測チームはそう続ける。地球そっくりの天体を発見した。文明がないから未開拓地だろう。しかし、いまの我々にそれが必要か？

「ガロウ、パラメーターに間違いはないのか？」

「間違いの可能性は低い。これが間違いなら、いままでＡＩが導き出した他のパラメーターも間違っていたことになる」

そうしている中で、惑星に接近中の工作艦明石から報告が届く。

「明石管理者チームの妖虎より報告。まず、この惑星に衝突する軌道にあった小惑星は明石により軌道を修正した。軌道上で良い鉱物資源供給源となるだろう」

「そんなことより、そこは地球なのかどうか、報告せよ」

返答は二分近く経過してから届いた。

「ここは地球である。ただあのパラメーターによる蓋然性がもっとも高いのは、六五〇〇万年前と思われる。つまり我々は白亜紀にワープアウトした。しかも、先ほど試験的にセラエノ星系への帰還を試みたが失敗した。したがって我々は白亜紀末の地球で、文明を再興することになる」

そして妖虎は結論した。

「つまり我々が、宇宙の構造を改善する役割を引き受けたということだ。私からいま言えるのはここまでよ」

エピローグ

二三六年九月一三日・軌道コンビナート

「我々がボイドから脱出できないというのが、宇宙にとって最も蓋然性の高い事象なのか」

松下紗理奈はそう展望室の中でつぶやく。

惑星レアの第一軌道ドックの拡張から始まった宇宙工場群は、その後も拡張を続け、今日《こんにち》では差し渡し五キロ四方の巨大な構造物になっていた。

そこには人類とイビスの生活空間も併設されていた。若い世代の人口増加は著しく、人類とイビスを合わせたボイド内の総人口は三〇〇万を数えていた。紗理奈はそうした現場の中で、常に重要な役割を担っていた。

地球に向かった都市宇宙船タラースは帰還しなかった。そして地球へのパラメーターも消失した。そのためセラエノ号の建造は中止された。

紗理奈にとっては、それは仲間をもう失うことはないという安堵でもあった。ただ最も親しかった人々はタラースと共に失われた。彼女が仕事に打ち込んだのは、その喪失感の代償だったかもしれない。

そしていまの彼女は、仲間たちと共にマネジメント・コンビナートによる若い世代の育成に傾注していた。いまも独身ではあったが、我が子同然の人材はすでに何千人もいた。

「ここにいたの？」

展望室に現れたのは、狼群涼狐だった。紗理奈にとって戦友とも呼べる数少ない人間の一人だ。

「どうしたんですか？」

「観測チームが、ボイドの外縁で原因不明のノイズが急増してるって。もしかすると孤立が終わる前兆かもしれないと言っている」

涼狐は何か期待しているようだった。

「我々にはまだ恒星間航行可能な宇宙船がある。大規模な整備は必要かもしれないけど……」

「私にやれと？」

この人の前向きさは変わらないな、と紗理奈は思う。

「紗理奈だって、子供たちの力量の程を見たいんじゃないの」

涼狐がそう言った時だった。展望室からの光景が変わった。ボイド全域で近傍恒星の光がほぼ一斉に消えたのだ。

「何が……起きてる」

涼狐が怯えた様子を示していることに、却《かえ》って紗理奈は落ち着くことができた。そしてエージェントが二人に告げる。

「都市宇宙船タラースの狼群妖虎の再現人格よりメッセージを送る。ボイドの人類とイビスに告げる。孤立の時代は終わった。すでにボイドの周辺星系には文明世界が生まれている。幸いにもボイドは孤立した星系ゆえに、我々の文明とこの時代で接触することができた」

紗理奈は考える。通信が光の速度で送られているならば、ボイド周辺の文明は三〇年前、つまり二〇六年ごろには活動を始めていたことになる。

「妖虎先輩……生きてる……本当に？」

紗理奈の言葉が聞こえたかのように、メッセージは続ける。

「生死の定義は私の存在により再定義されるだろう。私がボイドに戻ってきた理由もそこにある。そう、伝えるべきことは山のようにある。なんと言っても六五〇〇万年分の歴史だから」

本書は、書き下ろし作品です。

〈日本SF大賞受賞〉

星系出雲の兵站（全4巻）

林 譲治

人類の播種船により植民された五星系文明。辺境の壱岐星系で人類外らしき衛星が発見された。非常事態に乗じ出雲星系のコンソーシアム艦隊は参謀本部の水神魁吾、軍務局の火伏礼二両大佐の壱岐派遣を決定、内政介入を企図する。壱岐政府筆頭執政官のタオ迫水はそれに対抗し、主権確保に奔走する。双方の政治的・軍事的思惑が入り乱れるなか、衛星の正体が判明する——新ミリタリーSFシリーズ開幕

ハヤカワ文庫

著者略歴　1962年生，作家　著書『ウロボロスの波動』『ストリンガーの沈黙』『ファントマは哭く』『記憶汚染』『進化の設計者』『星系出雲の兵站』『大日本帝国の銀河』（以上早川書房刊）他多数

HM=Hayakawa Mystery
SF=Science Fiction
JA=Japanese Author
NV=Novel
NF=Nonfiction
FT=Fantasy

工作艦《こうさくかん》明石《あかし》の孤独《こどく》４

〈JA1548〉

二〇二三年四月二十日　印刷
二〇二三年四月二十五日　発行
（定価はカバーに表示してあります）

著者　林《はやし》譲《じょう》治《じ》
発行者　早川浩
印刷者　西村文孝
発行所　株式会社早川書房
郵便番号　一〇一 - 〇〇四六
東京都千代田区神田多町二ノ二
電話　〇三 - 三二五二 - 三一一一
振替　〇〇一六〇 - 三 - 四七七九九
https://www.hayakawa-online.co.jp

乱丁・落丁本は小社制作部宛お送り下さい。
送料小社負担にてお取りかえいたします。

印刷・精文堂印刷株式会社　製本・株式会社フォーネット社

ISBN978-4-15-031548-1 C0193

本書は活字が大きく読みやすい〈トールサイズ〉です。